DAL DY DIR

Iola Jôns

Argraffiad cyntaf – 2004

ISBN 1 84323 375 4

Mae Iola Jôns wedi datgan ei hawl dan Ddeddf
Hawlfreintiau, Dyluniadau a Phatentau 1988
i gael ei chydnabod fel awdur y llyfr hwn.

Cedwir pob hawl. Ni chaniateir atgynhyrchu unrhyw
ran o'r cyhoeddiad hwn, na'i gadw mewn cyfundrefn
adferadwy, na'i drosglwyddo mewn unrhyw ddull na
thrwy unrhyw gyfrwng, electronig, electrostatig, tâp
magnetig, mecanyddol, ffotogopïo, recordio, nac fel
arall, heb ganiatâd ymlaen llaw gan y cyhoeddwyr,
Gwasg Gomer, Llandysul, Ceredigion, Cymru.

Dymuna'r cyhoeddwyr gydnabod cymorth
Cyngor Llyfrau Cymru.

Argraffwyd yng Nghymru gan
Wasg Gomer, Llandysul, Ceredigion

I Mam a Rhian,
ac er cof am fy Nhad.

Dychmygol a ffug yw pob cymeriad
a bortreadir yn y nofel hon, ac mae
unrhyw debygrwydd rhyngddynt ac
unrhyw bersonau byw neu farw yn
gwbl ddamweiniol ac anfwriadol.

Pennod 1

'Ydi pawb yn eisiau goffi?' gwaeddodd Trudi yng ngwaelod y grisiau.

'Coffi du, plîs,' mwmiodd Mona.

'Te gwan gyda lot o siwgir, plîs,' meddai Glenys, a'i llais yn gryg.

'Yn lle dach chi'n eisiau fo?' gofynnodd Trudi eto.

'Ddof i i stafell Mona nawr,' mwmiodd Glenys.

Symudodd Mona i un ochr o'i gwely dwbl i wneud lle i Glenys a Trudi.

'O, mhen i,' sibrydodd Mona gan fwytho'i thalcen.

Ymlwybrodd Glenys i mewn, a'i gwallt coch trwchus yn edrych fel pe bai wedi cael ei dynnu trwy'r sietin.

'Asy, ti'n edrych yn ryff,' meddai Mona wrth weld Glenys a'i llygaid twrch daear yn gwrthwynebu'r golau llachar a saethai ati drwy ffenest y llofft.

'Smo ti'n edrych fel *oil painting* 'fyd. Ww, o's ots 'da ti bo fi'n cau'r llenni hyn?' gofynnodd Glenys yn boenus gan gerdded yn simsan tuag atynt.

'Iawn. Dwi'm yn cofio'u hagor nhw beth bynnag,' meddai Mona'n ddifater.

'Nest ti dim. Nest ti dim cau nhw neithiwr,' meddai Trudi wrth gario hambwrdd o fygiau a thost i'r merched.

'Smo fi ishe dim i'w fyta thenciw,' meddai Glenys wrth swatio yn y gwely efo Mona.

'Sut ti'n gwbod na wnes i ddim cau'r llenni 'na neithiwr?' gofynnodd Mona, gan geisio codi ar ei heistedd yn ei gwely i yfed ei choffi.

'Mr Jones nymbar ffôr wnaeth deud i fi pan o'n i'n nôl y llefrith o'r stepan drws bora 'ma,' meddai Trudi.

'Pwy? Jôns Trwynog ochr arall i ffor'?' gofynnodd Mona.

'O ie, nath o gweld lot o betha neithiwr medda fo!' medda Trudi gan edrych yn awgrymog ar Mona.

'O! Cachu Mot!' meddai Mona gan sylweddoli beth allasai Jôns Trwynog fod wedi ei weld.

Chwarddodd Glenys yn ddireidus.

'W, paid â'n hala i i 'werthin nawr. Ma mhen i fel bwced,' meddai Glenys.

'Symud i fyny i fi gael lle hefyd,' meddai Trudi gan osod y plataid o dôst a choffi ar y bwrdd bach wrth ymyl y gwely. Symudodd Mona gonc Mistar Urdd, a'i osod uwch ben ei gobennydd i wneud lle i Trudi.

'Stedda di'n fan'na, Mistar Urdd bach – 'y ngwash gwyn i. Ti'n well nag unrhyw ddyn yn dwyt ti? Wyt tad,' meddai Mona wrth ei osod yn ofalus.

'Wel, pwy o'dd e, 'ten?' gofynnodd Glenys.

'Pwy oedd pwy?' gofynnodd Mona.

'Hwnna nath cnoi gwddw ti,' meddai Trudi.

'Paid â malu cachu!' meddai Mona'n ddiamynedd. 'Ryw John neu'i gilydd.'

'*Big* John ife!' chwarddodd Glenys.

'Neu *long* John falla,' ychwanegodd Trudi gan chwerthin.

Estynnodd Trudi ddrych bach i Mona.

'O shit! Omaigod! Ddudish i wrtho fo am beidio . . . basdad-uffarn-diawl!' meddai Mona'n flin cyn rhoi ei phen yn ddiymadferth yn ôl ar y gobennydd.

'Smo ti "dîpli, madli in lyf" 'ten! Www 'ec, ma yffach o olwg ar dy wddwg di, ti'm'bo,' meddai Glenys, a oedd yn dechrau sobri wrth yfed ei phaned felys. ''Co ni, paratowch am y frawddeg arferol, "Dwu buth yn mund i yfad eto",' ychwanegodd gan ddynwared acen ogleddol Mona.

'Dwi'n 'i blydi feddwl o tro 'ma 'fyd,' mynnodd Mona.

'Wel, dwi'n balch bod fi ddim wedi mynd allan i yfad neithiwr, rŵan 'de,' meddai Trudi'n hunangyfiawn. 'Dwi'n wedi gorffen marcio gwaith cartre y plant i gyd. God, mae 'na plant twp yn y byd 'ma, sti. Nath neb cael mwy na pump allan o deg am gwaith maths rîli hawdd,' meddai Trudi'n anobeithiol.

''Di o uffar o bwys gynna i am dy blant twp di ar y funud yma,' meddai Mona'n edifeiriol. 'Dwi jest yn meddwl faint welodd Jôns nymbar ffôr neithiwr, a be ddiawl dwi'n mynd i neud efo'r gwddw 'ma.'

'Ma polo nec i gal 'da fi,' meddai Glenys, 'ond 'sa i'n credu bo honno'n mynd i fod yn ddigon uchel 'fyd.'

'Dwi'm yn mynd i wisgo polo nec a hitha bron yn ha', ydw i? Mi fydd yn rhaid i mi gogio bo fi 'di ymuno efo Merched y Wawr a gwisgo ryw sgarff silc ganol oed ne rwbath.'

'Ti'n meddwl bod plant ysgol cynradd yn gwybod be 'di lyfbait?' meddai Trudi.

'Nag 'yn, ond ma plant dosbarth Mona yn. Ti-hi,' chwarddodd Glenys a Trudi.

'Nefar agen!' meddai'r tair fel triawd.

Bore Sadwrn arferol arall yn y Nyth Glyd oedd hi ar ôl

nos Wener go hegar. Trudi fyddai'n tendio ar bawb fel arfer, hyd yn oed pan fyddai ganddi hithau ben fel bwced. Hi fyddai'n codi gynta i wneud paned a brecwast i'r tair ohonyn nhw, yna byddent yn penderfynu yn lloftt pwy roeddent am ymdrechu i fwyta cyn swatio fel cywion bach mewn nyth, a cheisio cofio anturiaethau'r noson cynt.

Athrawon 'parchus' oedd y tair ohonyn nhw. Deuai Mona o sir Fôn, Glenys o sir Gaerfyrddin a Trudi o Ddolgellau. Athrawon cynradd oedd Mona a Glenys ac athrawes uwchradd oedd Trudi. Dim ond ers iddi symud i fyw at Mona a Glenys y dechreuodd Trudi siarad Cymraeg bob dydd. Roedd ei rhieni wedi'i magu yn Saesneg er eu bod yn gallu siarad Cymraeg eu hunain, ac er bod Trudi wedi cael addysg yng Ngwynedd, nid oedd yn hyderus o gwbl i siarad Cymraeg. Un o'r rheolau cyntaf yn y Nyth Glyd oedd fod yn rhaid i bawb a ddeuai yno siarad Cymraeg. Cytunodd Trudi, ar yr amod 'bod neb yn chwerthin ar pen fi pan dwi'n gneud mistêcs, ocê?' Fel rhywun â gradd yn y Gymraeg, roedd Mona'n ei chael hi'n anodd iawn i beidio â chywiro Trudi ar adegau – yn enwedig pan fyddai'n camdreiglo. Ond, chwarae teg i Trudi, nid ei bai hi oedd hynny, ac roedd Mona'n parchu'r ffaith fod Trudi'n gwneud ei gorau i siarad Cymraeg efo nhw.

Pwten fach bryd tywyll oedd Trudi, a'i gwallt yn ddu-las fel glo a'i llygaid brown cyfoethog fel cnau castanwydden. Mathemateg oedd ei phwnc, felly hi oedd y cynghorydd ariannol fyddai'n gyfrifol am rannu biliau'r Nyth Glyd rhwng pawb. Roedd Trudi'n athletaidd iawn, ac arferai fynd i redeg bob bore (heblaw am ddydd Sul); byddai'n mynd i'r gampfa ddwywaith yr wythnos ac i nofio bob amser cinio. Roedd pob modfedd o'i chorff pum troedfedd yn hollol gyhyrog.

Doedd gan Glenys na Mona fawr o amynedd gyda chwaraeon. Ni fedrent amgyffred y boddhad a gâi neb mewn hanner eu lladd eu hunain er mwyn cael byw ychydig yn hirach. Serch hynny, fe ddyheai Glenys am gael bod yn fain, a byddai ar ryw ddeiet neu'i gilydd yn dragwyddol. Nid ei bod hi'n dew o gwbl, ond edrychai'n dwmplen fach yng nghwmni Trudi a Mona. Gwallt cwta, coch tywyll oedd ar gorryn Glenys ac o dan ei thalcen uchel roedd dwy lygad siarp glas, glas fel potel ddŵr Tŷ Nant. O dan y llygaid roedd trwyn bach smwt fel bawd troed a cheg lydan yn gwarchod dwy res o ddannedd hollol berffaith.

Roedd Mona'n dal a thenau fel model. Fe roesai Glenys unrhyw beth i gael corff yr un fath ag un Mona. Roedd ei gwallt hir, tonnog mor ddisglair-felyn â haul y bore ei hun a'i llygaid mawr glaswyrdd yn pefrio. Ond, roedd ganddi glamp o drwyn hir a phont yn ei ganol; heblaw am hynny roedd hi'n ddeliach na *Barbie* ei hunan.

Roedd y tair yn byw yn reit gytûn ers dros ddwy flynedd bellach, ac yn mwynhau bywyd i'r eithaf.

'Wel, wyt ti'n fynd i gweld o eto 'te?' gofynnodd Trudi'n chwilfrydig, ond gwyddai beth fyddai'r ateb arferol.

'Na, dwi'm yn meddwl,' atebodd Mona. 'Dwi'm yn gwbod pam es i efo fo'n y lle cynta, mond bo fi'n meddwl mod i wedi colli lifft adre.'

'Ie tra o'dd y gweddill ohonon ni'n aros amdanot ti

am hanner awr yn y blwmin tacsi ôr 'na. On i bytu sythu,' ychwanegodd Glenys.

'Wel do'n i'm yn gwbod bo'r tacsi'n dal i aros amdana i rownd y gornel, nag on?' amddiffynnodd Mona'i gweithred.

'Smo fe'n deg-w! Pam so' ti'n gallu hala rai o'r bechgyn hyn draw ato i withe?' meddai Glenys yn hunandosturiol.

'Taswn i'n gwbod, mi faswn i wedi hel y blydi fampaiyr 'na atat ti neithiwr,' meddai Mona gan archwilio'i gwddw yn y drych eto. 'Dydyn nhw'm werth o, sti. Dydyn nhw'n meddwl am ddim ond am un peth, a'r munud ma nhw'n dallt nad ydyn nhw'n mynd i'w gael o ma nhw'n mynd o'ma a sbarcs yn dod o'u sgidia nhw.'

'Felly, rhif 23 oedd John neithiwr 'te,' meddai Trudi a oedd wedi bod yn cyfri yn ei phen.

'Asy, on i'm yn dallt bo ti'n cyfri,' meddai Mona cyn cofio fod Trudi'n cyfrif popeth!

'Gwd god. Dau ddeg tri! A dim ond tri 'yf fi 'di cal ers bo fi 'ma!' meddai Glenys.

'Ie, ond nest ti cadw nhw'n hirach nag un noson yn do?' meddai Trudi. 'Nest ti mynd efo Iestyn am tri mis, efo Alun am pump wythnos ac efo Hywel am saith wythnos a tri diwrnod,' ychwanegodd. 'So, os 'di Mona wedi mynd efo dau ddeg tri o bechgyn am un noson am bob wythnos, dyna ti dau ddeg tri wythnos, ond ti wedi bod efo bechgyn am dau ddeg pedwar wythnos i gyd, achos mae tri mis tua un deg dau wythnos adio pump adio saith yn gneud dau ddeg pedwar wythnos.'

'Iawn, os ti'n gweud,' meddai Glenys yn ddryslyd.

'Ocê, ocê, nid cystadleuaeth ydi hyn, sti,' meddai Mona, 'dwi jest yn colli tacsis yn amal!'

'Beth yw'r dyddiad heddi?' gofynnodd Glenys yn sydyn.

'Undegwythfed o Mai,' meddai Trudi'n bendant.

Cnodd Mona ei thafod.

'Yffach gols, ma'r rali mewn pythewnos, fel 'ny,' meddai Glenys.

'Duwadd, yndi. Esgob, be dwi 'di addo neud 'fyd dwad?' gofynnodd Mona.

'A' i i nôl y *list* rŵan, ia?' meddai Trudi a sboncio allan o'r gwely.

'Pa *list*?' gofynnodd Mona'n amheus.

'A . . . ie . . . wel . . . Ti'n cofio sbel 'nôl ethot ti ddim i'r clwb achos odd gormod o waith 'da ti . . .' dechreuodd Glenys yn betrusgar.

'Oedd nhw'n methu cael pobl i gneud rhai pethau i'r rali,' ychwanegodd Trudi wrth gerdded i mewn efo'r rhestr, 'felly dyma ni'n deud y basat ti'n gneud rhai pethau.'

'Fel be?!'

'Reit ta, dyma ni,' dechreuodd Trudi ddarllen. 'Glenys – gneud sbynj efo *'jam filling'*, tynnu lluniau ffotograffs ar y thema 'Coed' . . .'

'Do's 'na'm lot o sgôp yn fan'na nagoes?' meddai Mona'n sarhaus.

'Wi'n credu y galla i gôpo 'da'r *jam filling bit* ond dyna'r cyfan 'bytu bod,' ategodd Glenys.

'Trudi – gneud poster ar cyfrid . . . cyfrin . . . o, ar compiwty, a blasu caws . . .'

'Blasu caws?' gofynnodd Mona.

'Ie, t'weld, ti'n cal lot o wahanieth gawsie a ti'n gorfod enwi nw, fel Caerffili . . .' eglurodd Glenys.

'Ie, ie, dwi'n gwbod be 'di cawsie,' meddai Mona'n ddiamynedd. 'Be dwi fod i neud dwi isio'i wybod.'

'Wel, oddan ni'n wybod bod ti'n gwbod mwy am ffarmio na ni, 'de . . .' dechreuodd Trudi.

'Iesral, nachdw. Dim ond mod i'n byw wrth ymyl fferm, dyna cwbwl,' meddai Mona a oedd yn amheus iawn erbyn hyn.

'Ie wel, *townies* 'yn ni, ondife Trud. So' ni'n nabod dim un iâr na buwch . . .' dechreuodd Glenys.

'Dwi ddim yn licio hyn . . .' meddai Mona.

'Dim ond dau peth ti'n gneud fel ni, ynde Glen,' meddai Trudi.

'Dudwch be ddiawl dwi'n neud, ta,' meddai Mona'n dechrau colli ei hamynedd yn lân.

'Trysio iâr a godro buwch efo llaw,' meddai Trudi.

'O cym off it! Dach chi ddim o ddifri? Sgen i'm syniad sut i neud 'run o'r ddau beth yna. Be 'di "trysio" beth bynnag?' gofynnodd Mona.

'Tynnu *guts* fo allan,' meddai Trudi.

'O paid, dwi'n teimlo'n sâl,' meddai Mona. 'O! nathoch chi ddim, y diawliad.'

'Wedes i y bydde hi'n fflipo, 'ndo fe,' meddai Glenys gan ddisgwyl ffrwydriad. 'Ond ma 'da ni newyddion da 'fyd.'

'Be 'di hwnnw?'

'Ma cwrs hyfforddi perfeddu ffowlyn yn Llanfair nos Lun,' meddai Glenys gan bwffian chwerthin.

'Ac os ti'n methu godro buwch, ti jest meddwl am y John 'na neithiwr a tynnu'r tits fel diawl!' chwarddodd Trudi.

*   *   *

Roedd wyneb Mona'n bictiwr. Safai y tu ôl i fwrdd pren, ei gwallt wedi'i glymu'n ôl, het wen ar ei phen, siaced hir wen dros ei dillad a wyneb fel llaeth wedi suro arni.

'Gwena!' meddai Trudi gan dynnu ei llun efo'i chamera cyn i Mona gael cyfle i wrthwynebu.

O'i blaen roedd cyw iâr yn barod am y ddefod o'i folio. Roedd rhesaid o ryw ugain o gywion ieir a merched swyddogol yr olwg yn barod am yr her oedd o'u blaenau. Gweddïai Mona am i ryw griw o hipis ddod i darfu ar y weithred arfaethedig yn enw creulondeb i anifeiliaid. Ond ni chafodd ateb i'w gweddi – fel arfer!

'Helô miss!' meddai criw o ferched o ddosbarth Mona. Dyna'r cyfan roedd ei angen arni.

'Me'ch pum munud chi'n dechre... rŵan,' cyhoeddodd stiward swyddoglyd oedd yn gafael yn dynn yn ei ffeil, a swyddog arall yn saernïo'i llygaid ar yr oriawr arbennig.

Dechreuodd Mona ddarnio'r traed gan wneud yn siŵr fod y gewynnau'n dod allan o'r goes yn gyfan. Damia, roedd un wedi torri ar un goes – dyna bump marc i ffwrdd yn syth. Ymlaen at y pen a'r gwddf. Cyllell finiog o gwmpas y pen, gafael ynddo â chadach a'i droi'n sydyn gan roi ffluch reit ddiseremoni iddo i'r bwced o dan y bwrdd. Cyllell finiog i lawr croen y gwddw, dadwisgo'r croen i ffwrdd o'r corn gwddf a thro reit hegar i'r corn gwddf gan ei ddadgysylltu o weddill y corff a'i sychu â hances boced bapur a'i roi ar y papur gwrthsaim yn ofalus. Yna at y rhan yr oedd Mona'n ei gasáu fwyaf. Plymiodd y gyllell i dwll tin yr iâr druan, torri sgwaryn allan, yna gwthio'i llaw i mewn i gael gafael ar y perfedd yn gyfan. Pam fod yn rhaid i'r perfedd wneud sŵn rhechu wrth ddod allan bob tro, meddyliodd Mona, gan obeithio fod perfedd iâr pawb arall yn gwneud yr un sŵn.

'Pŵŵ, miss,' meddai'r plant oedd yn ei gwylio'n ofalus.

'Bol yr iâr 'ma sy'n gneud sŵn, nid fi,' eglurodd Mona gan wrido.

'Dim siarad!' meddai'r stiward.

Roedd yn rhaid iddi chwilio yn y perfedd am y galon, yr iau a'r bag bwyd, eu torri allan, eu sychu a'u rhoi efo'r corn gwddw. Llwyddodd Mona i wneud hynny, yna cofiodd fod yn rhaid iddi agor y bag bwyd yn ei hanner a thynnu unrhyw fwyd allan ohono.

'Munud i fynd,' meddai'r ail stiward a oedd yng ngofal yr oriawr.

Cachu Mot, meddyliodd Mona, dim ond munud i bwytho'r bali peth eto.

Gafaelodd yn y nodwydd anferthol gyda'r llinyn main trwy'r llygad a gwthiodd hi drwy ddwy aden yr iâr, stwffiodd groen y gwddw o dan yr adenydd, yna aeth â'r nodwydd trwy'r coesau cyn clymu'r llinyn yn dynn oddi tano. Bu bron i Mona ei thrywanu'i hun efo'r nodwydd pan glywodd hwter afresymol o uchel a ddynodai fod yr amser ar ben.

Diolch byth, meddyliodd Mona. Tybiai na fyddai byth yn bwyta cyw iâr eto. Mi fyddai'n dda ganddi pe bai'n gallu dianc oddi yno'n syth, ond na, roedd yn rhaid i bob cystadleuydd sefyll fel milwr y tu ôl i'w campweithiau er mwyn i'r beirniad gael dyfarnu'r iâr a edrychai orau!

Safodd Mona yno gan geisio peidio edrych ar neb, dim ond edrych i wagle ym mhen draw'r sièd. Allai hi ddim credu ei bod hi yno'n gwneud y ffasiwn weithred. Sut yn y byd mawr y gadawodd hi i'r ddwy yna ei pherswadio i gymryd rhan yn y fath gystadleuaeth – heb sôn am fynd ar gwrs hyffordd ar y pwnc! Roedd y tair wedi cytuno mynd ar y cwrs yn y diwedd ar y ddealltwriaeth y câi'r hyfforddwr ddewis pa un o'r tair oedd yr orau. Gan i Trudi 'lewygu' a Glenys chwydu, Mona oedd y ffefryn ar gyfer y gystadleuaeth.

Esgob, faint o amser sydd ei angen ar feirniad i ddewis tamaid o iâr, meddyliodd Mona; roedden nhw i gyd mor hyll â'i gilydd. Wrthi'n hel meddyliau mewn rhyw berlewyg fel hyn yr oedd Mona pan sylwodd ar rywun trwy gornel ei llygaid. Ceisiodd ymddangos fel pe bai'n dal i edrych i'r gwagle gan edrych ar y person yma'n slei bach. Pwy ddiawl oedd y pishyn yna!

'Blydi hel!' meddai o dan ei gwynt.

'Pardyn!' meddai'r stiward eto wrth gerdded heibio.

'Anti Nel yn fan'cw,' ceisiodd Mona ei chael ei hun allan o dwll.

Nid oedd Mona ddim dicach o ddod yn bymthegfed yn y gystadleuaeth. Fe gollodd ddeg marc am siarad!

'Gest ti dy robio, Mons,' ceisiodd Trudi ei chysuro.

'O duwadd, dim bwys. Pwy 'di'r boi 'na'n fan'na?' gofynnodd Mona.

'Pa foi?'

Doedd dim golwg o'r pishyn yn unlle.

''Di o'm bwys. Tyd. Dwi isio sgrwbio'n nwylo, yna bwyd a pheint!' meddai Mona.

'Rhaid i ti bod yn cwic 'te. Ti isio godro buwch ti mewn hanner awr.'

'O blydi hel!!'

Er sgrwbio a sgrwbio, roedd ogla perfedd iâr yn dal ar ddwylo Mona.

'Be ti'n eisiau. *Chicken* sancwej, ta sancwej ŵy?' gofynnodd Trudi.

'O blydi hel! O's 'na'm dewis arall?' meddai Mona.

'Ha! Ha! Dim ond jocio odda fi!' meddai Trudi gan roi brechdan ham i Mona.

'Digri iawn! Diolch.'

Gan nad oedd Mona wedi cael amser i gael brecwast, fe sglaffiodd y frechdan ac fe lowciodd ei pheint yn rhy sydyn braidd.

'Argian, ma'r lager 'na wedi mynd i mhen i'n barod,' meddai Mona.

'Bydd ti'n gweld pedwar tit yn lle dau ar buwch ti!' chwarddodd Trudi.

'Pedair teth sydd i fod gan fuwch, y g'loman,' meddai Mona.

'Ti'n gweld, Mona! Ti rîli'n gwbod lot am ffarmio!'

'Hei, 'wi 'di cal cynta gyda'n llunie i,' daeth Glenys atynt yn wên o glust i glust.

'Llunia pwy?' cywirodd Mona.

'Wel, 'yn llunie *ni*, 'ten. Ond er mwyn y Clwb, ondife Mona,' sibrydodd Glenys.

Roedd y tair wedi bod yn tynnu lluniau fel ffyliaid o unrhyw beth yn ymwneud â choed, o goeden i goed bore, o lyfrau i ddodrefn, o ffensys pren i bapur tŷ bach.

'Feri orijinal! Dyna odd y feirniadaeth yn 'i weud,' meddai Glenys yn falch.

'Ma' buwch ti'n barod,' meddai Trudi.

'O Iesu gwyn, do's 'na'm llonydd i'w gal!' ac i ffwrdd â Mona efo'i stôl a'i bwced 'yn llawn egni a brwdfrydedd' at ei buwch.

'Sawl teth sy 'da buwch?' sibrydodd Glenys wrth Trudi.

'Pedwar, siŵr iawn. God, ti rîli yn *townie* yn dwyt ti Glenys?' meddai Trudi'n hunanwybodus.

Er tynnu a thynnu, ni chafodd Mona ddiferyn o laeth gan y fuwch. Edrychodd ar fwcedi'r ddwy arall oedd yn cystadlu i weld a oedden nhw'n cael yr un drafferth. Gwelai ewyn gwyn yn brigo ar ben bwcedi'r ddwy a theimlai'n rêl ffŵl. O leia fe gâi'r drydedd wobr, meddyliodd. Roedd tipyn o dyrfa yn gwylio erbyn hyn. Gobeithiai na fyddai neb yn sylwi nad oedd ganddi ddim owns o laeth yn ei bwced. Ond, yn anffodus, roedd pawb wedi sylwi, a theimlai Mona'i hun yn gwrido, a'r cwrw'n mynd i'w phen yng ngwres canol dydd.

'Tynna'r tits 'na. Meddylia am John!' gwaeddodd Trudi.

'Ie, tynna, Mona,' anogodd Glenys.

Dechreuodd Mona chwerthin: po fwyaf yr anogid hi gan y ddwy arall, mwyaf y chwarddai Mona. Chwarddodd nes ei bod yn wan fel brechdan. Ni fedrai afael mewn unrhyw deth heb sôn am ei godro. Cododd oddi ar ei sedd, a gafael yng nghynffon y fuwch a dechreuodd ei chodi i fyny ac i lawr gan esgus mai pwmp dŵr fel un Wmffra ar Wil Cwac Cwac ydoedd. Chwarddodd y gynulleidfa hefyd. Yna, yn sydyn, teimlodd rywun yn sefyll wrth ei hysgwydd.

'Tria fel hyn. Tynnu a gwasgu, tynnu a gwasgu.'

Roedd y pishyn yno – yn eistedd ar ei stôl hi yn godro ei buwch hi!

Cododd y pishyn a phwyntio at y stôl. 'Wyt ti isio gwers?'

Omaigod, meddyliodd Mona, sobra, sobra. Eisteddodd Mona ar y stôl, a gafaelodd y pishyn yn ei llaw a'i rhoi am deth y fuwch.

'Fel hyn,' meddai yn y llais mwyaf awgrymog gan edrych ym myw ei llygaid. 'Tynnu a gwasgu, tynnu a gwasgu.'

Llyncodd Mona ei phoer a cheisio canolbwyntio ar y dasg o'i blaen ac, er syndod iddi, dechreuodd y llaeth ffrydio i mewn i'r bwced.

'Hawdd pan ti'n gwbod be i'w 'neud,' meddai'r pishyn yn ei lais melfedaidd. 'Hwyl.'

Ac i ffwrdd ag o i ganol y dyrfa gan adael Mona'n gegrwth. Cyn iddi gael cyfle i dynnu na gwasgu unrhyw beth arall clywodd Mona yr hwter anfarwol a ddynodai ddiwedd y gystadleuaeth. Gafaelodd yn dynn yn ei bwced rhag ofn iddi golli'r mymryn llaeth oedd yn ei waelod. Canodd rhywun yr hwter eto yn andros o uchel – mor uchel nes i'r gwartheg neidio a dechrau gwylltio. Ceisiodd y ddwy gystadleuydd arall dawelu'r gwartheg, ond codi a'i heglu hi o'r ffordd efo'i bwced wnaeth Mona. Fe gicwyd bwcedi'r ddwy arall gan y buchod nes bod y llaeth yn ddau lyn ar y gwair islaw.

'Enillydd y gystadleuaeth yw Mona Jones!' meddai'r stiward.

Bowiodd Mona i gymeradwyaeth y gynulleidfa cyn esgus taflu'r llaeth oedd yn ei bwced drostynt. Winciodd y pishyn arni. Toddodd Mona.

'Dwi 'di dod â peint i ti, i selibrêtio buddugoldeithra chdi,' meddai Trudi.

'Asy, diolch Trud,' meddai Mona'n ddiolchgar cyn sylweddoli mai peint o laeth oedd gan Trudi iddi.

Chwarddodd pawb eto.

'Ged imi brynu diod deche i ti,' meddai llais y tu ôl iddi. Y pishyn oedd yno eto.

'Na dim rŵan, diolch, mae Mona'n dod i syportio fi yn blasu caws rŵan, yn dwyt ti, Mons?' meddai Trudi cyn i Mona gael cyfle i'w ateb.

'Ydw i?'

'Wyt. Cym on, mae o'n cychwyn mewn pum munud,' meddai Trudi yn eiddgar.

'Falle ge i gyfle nes 'mlaen 'te?' mynnodd y pishyn.

'Dwi'm yn gwbod,' meddai Mona'n chwareus, 'Ma Mam wedi'n rhybuddio i i beidio cymryd dim byd gan ddynion diarth.'

'Harri 'di'r enw,' meddai'r pishyn.

'Ocê, ta ta Harri,' meddai Trudi a thynnu ym mraich Mona. 'Cym on, neu bydd fi'n hwyr.'

Ac i ffwrdd â Mona yn hanner cael eu llusgo gan Trudi ar hyd y cae ac i mewn i'r sièd lle'r oedd y gystadleuaeth blasu caws.

'Ych a fi, ma gwynt chwd 'ma,' cwynodd Glenys.

'Diolcha ti'm yn gorfod blasu fo,' meddai Trudi gan gamu ymlaen i flasu ei chawsiau.

'Ogla silwair 'di o'r g'loman,' meddai Mona. 'Pwy oedd yr Harri 'na?'

'Sa i'n gwbod, yffach o bishyn, ta pwy odd e,' meddai Glenys, 'Hei, odd e'n amlwg yn ffansïo ti, ta beth.'

'Na, dwi'm yn meddwl,' ceisiodd Mona actio'n ddifater, 'biti dros y fuwch oedd o.'

'Pa un! Ti-hi,' meddai Glenys.

*   *   *

'Dwi byth yn eisiau weld caws eto,' meddai Trudi'n feddwol.

'Dwi byth isio gweld perfedd iâr na thethi buwch eto,' meddai Mona yr un mor feddwol.

'Smo i byth moyn gweld peint 'to,' meddai Glenys a oedd wedi bod yn chwydu ddwywaith yn y 'gachafán' (hen garafán wedi'i haddasu'n doiledau ar gyfer y rali).

'Blydi dynion,' meddai Mona'n bwdlyd.

'Be ma rheini 'di gneud i ti rŵan?' gofynnodd Trudi yn sigledig.

'Yr Harri uffar 'na odd 'di gaddo prynu peint i mi, a

dwi'm 'di gweld golwg ar y basdad-uffarn-diawl drwy'r nos,' meddai Mona'n siomedig.

'Pwy ti'n alw'n enwa?' meddai llais o'r tu ôl iddi, 'Me Mam wedi'n rhybuddio i am ferched drwg fel ti.' Harri oedd yno gyda pheint i Mona ac un arall iddo'i hun.

'Siarad am hogyn bach drwg yn dosbarth Mona oddan ni,' medda Trudi gan geisio ymddangos yn fwy sobor nag yr oedd hi.

'Alla i brynu diod i dy ffrind di?' gofynnodd Harri.

'Trudi 'di'r enw. Na, dwi'n iawn sti, diolch. Dwi 'di cal ddigon am heno, ia? Dwi'n mynd i weld os 'di Glenys yn iawn,' ac i ffwrdd â Trudi ar ôl rhoi clamp o winc ar Mona tu cefn i Harri.

'Bron i mi fethu cyrredd o gwbl. Odd 'na fuwch yn lloio ac mewn rhyw strech braidd. Gorfo' ni gel ffariar allan yn y diwedd,' eglurodd.

Ond doedd Mona ddim yn canolbwyntio ar ei eiriau. Roedd hi'n rhyfeddu at y fath gorff perffaith oedd o'i blaen. O dan drwch o wallt cyrliog melyn, syllai dwy lygad ddofn arni, ac o dan drwyn perffaith roedd gwên gynnes. Roedd ei ysgwyddau'n llydan a'i freichiau'n gryf a chyhyrog . . .

'Waw,' meddai Mona o dan ei gwynt.

'Diawl, reit dde rŵan, yr hen gog!' Daeth pedwar o fechgyn draw i'r sgubor i siarad â nhw.

'Me'n tacsi ni 'di cyrredd o'r diwedd,' meddai un o'r bechgyn.

'Fi 'di hwnnw,' meddai Harri. 'Fi sy'n dreifio'r cogie 'ma heno.'

'O,' meddai Mona'n siomedig.

'Ma'n tacsi ni'n barod i mynd mewn pum munud,' meddai Trudi, 'ac mae o tu allan i'r sièd 'na'n fan'na, reit,' meddai, gan bwyntio at fws mini. 'Wyt ti'n eisiau lifft heno 'ma ta be?'

'Ym . . . ydw dwi'n meddwl,' meddai Mona gan edrych i lygaid Harri.

'Me nghiar i'n llawn heno, neu mi faswn i'n cynnig reid i chdi,' meddai Harri yn ei chlust.

'Bechod,' meddai Mona yn ei glust yntau gan reoli ei hun i beidio â'i llyfu!

'Wyt ti'n mynd i ddawns sgubor rali sir Feirionnydd wythnos nesa?' gofynnodd Harri.

'Mi alla i fod yna os ti isio,' sibrydodd yn ei glust eto.

'O oes, dwi isio ti,' meddai Harri yn ei chlust gan roi cusan ysgafn ar ei boch.

''Dan ni'n fynd rŵan. Tyd, Mona, ma'r dreifar yn hen fastad blin,' meddai Trudi wrth dynnu ym mraich Mona.

'Rhaid i mi fynd, sti,' meddai Mona.

'Wela i di wythnos nesa, ym Meirionnydd,' meddai Harri a rhoi clamp o winc iddi tra oedd y bechgyn eraill yn tynnu ei goes.

'Iawn, wythnos nesa.'

Eisteddodd Mona'n fud yr holl ffordd adre. Roedd y peth yn swyddogol – roedd hi mewn cariad.

Pennod 2

Profodd Mona wythnosau hirion yn ei bywyd, ond roedd yr wythnos rhwng rali Ffermwyr Ifanc Sir Drefaldwyn a rali Sir Feirionnydd yr un hiraf iddi ei phrofi eto.

'Lle 'dan ni'n fynd heno 'ma genod?' meddai Trudi ar ôl bod yn loncian nos Wener.

'O, sgen i'm awydd mynd i nunlle heno 'ma sti,' meddai Mona. 'Beth am gal *Indians* a photel o win yn tŷ am newid?'

'O na, 'wi ar ddeiet,' meddai Glenys yn bendant.

'Wyt ti'n wybod faint o caloris sydd 'na mewn peint o seidar?' meddai Trudi.

'Nagw i, bytu cant falle?'

'Dau cant,' meddai Trudi, 'felly os mae ti'n cael deg peint, fel ti'n arfer gneud, ti 'di yfed dau fil o caloris mewn un noson.'

'Fflipin 'ec!' rhyfeddodd Glenys.

'Dwi'n meddwl bo ti'n *bulimic*, sti,' meddai Mona'n ddifrifol.

'Nagw i ddim!'

'Wyt, achos ti'n chwydu'i hanner o'n ôl erbyn diwedd y noson!'

'Smo i'n mynd mas rhagor 'ten.'

'Paid â bod mor groendena, hogan. Do's 'na'm rhaid i ti feddwi'n wirion bob tro, nagoes?' meddai Mona.

'Sbia pwy sy'n siarad!' meddai Trudi. 'Pwy sy'n meddwi'n dwll o hyd a dim yn gofio enw'r ddynion sy'n ddod â hi adre?'

'Oi, dydi hynna ddim yn deg, dwi wastad yn cofio'u henwa nhw, ydw'n tad.'

'Rhai weithiau ti ddim,' meddai Trudi. 'Beth oedd enw'r boi 'na nest ti mynd efo'n parti Dolig y Clwb, 'te?'

'Odd hynny'n wahanol, hen enw gwirion odd gynno fo. Cadfan neu Cadfael neu rwbath oedd o.'

'Cadfarch oedd e actshiwali,' mynnodd Glenys.

'Sut ti'n wybod?'

'Achos fues i'n siarad 'da fe nos Sadwrn, 'wi'n credu.'

'Ti'n siŵr ma jest siarad 'aru chi gneud?' meddai Trudi'n gellweirus.

'Wel . . .'

'Glenys!' medda Mona, 'gadwest ti hynna'n dawel. Ti'n mynd i'w weld o eto?'

''Sa i'n cofio be wedodd e ddiwedd y nos,' meddai Glenys.

'"Paid â chwdu ar 'y mhen i" ma'n siŵr,' meddai Mona gan chwerthin.

'Ach, 'sa i'n mynd i ifed fel 'na 'to.'

'Nath o snogio chdi?'

'Do, *cyn* i fi hwdu, odd 'i dafod e bytu'n nhagu i, w.'

'O ia, fo oedd o!' meddai Mona.

'A sôn am tafod a ballu, beth am cael *Chinese* yn lle *Indians*, ma 'na llai o caloris yno fo, Glen?' meddai Trudi.

'Shwd nest ti gysylltu tafod â *Chinese* nawr 'ten?'

'Wel ti'n fyth yn wybod pa cig sydd yno fo, wyt ti!'

'Go damia chdi, hogan,' meddai Mona.

Dwy botel o win a thri sglod a sgod yn ddiweddarach, roedd y tair yn eistedd yn gyffordus braf yn gwylio fideo.

'O! 'Co ni, jacôs ondife?' meddai Glenys.

'Dim Saesneg, Glen,' meddai Trudi'n hunangyfiawn.

'Nage Sisneg on i'n siarad w,' meddai Glenys yn amddiffynnol.

'Be ma *'jac horse'* yn meddwl ta?'

'Jacôs ddudodd hi. Dyma ni neis, ne rwbath fel'na, ia?' ceisiodd Mona gyfieithu.

'Ie, on i jest yn meddwl nawr, O 'co ni neis, 'smo i'n cofio pryd arhoson ni miwn ar nos Wener o'r blân.'

''Dan ni'n ddechrau mynd yn hen ti'n feddwl?' meddai Trudi'n drist.

'Neu dechrau callio 'dan ni falle,' cynigiodd Mona.

'Neu jest yn sgint 'yn ni,' meddai Glenys.

'Geith ni uffar o sesh nos fory, ia?' meddai Trudi.

'Ieee. We-hei!' meddai'r ddwy arall gan godi'u gwydrau.

*   *   *

Wedi awr o ymbincio a thrio pob dilledyn yn y cypyrddau dillad, roedd y tair yn meddwl eu bod yn edrych yn ddigon o bictiwr; wedi'r cyfan dim ond i ddawns sgubor yr oedden nhw'n mynd.

'Ddo i i'ch nôl chi tua'r un o'r gloch 'ma,' meddai gyrrwr y bws mini, 'a dim chwydu yn y tacsi 'ma ar y ffordd adre, missi,' meddai wrth Glenys.

'W, 'wi yn feri sori bytu 'na,' meddai Glenys, ac mi roedd hi hefyd.

Roedd y sgubor yn reit llawn yn barod. Roedd y cwrw rhad yn y bar wedi denu tyrfa yno cyn i'r tafarndai gau. Yn un pen i'r sièd roedd disgo Mei

Mwnci yn chwarae cymysgedd o ganeuon Cymraeg a Saesneg, ond doedd affliw o neb yn dawnsio eto. Roedd y dewis o ddiodydd yn gyfyng – oren, neu oren a lemonêd, lager a leim, neu leim a lager, vodca a leim, neu vodca a leim a lemonêd, neu vodca ac oren! Unrhyw gyfuniad o'r diodydd yna oedd ar gael, a'r cyfan mewn gwydrau plastig simsan.

'Gobitho bydd Cadfarch wedi madde i fi,' meddai Glenys yn betrusgar.

'Pam? Be nest ti iddo fo?' gofynnodd Mona.

'Hwdes i ar 'i shŵs e.'

'O, Glenys!'

'Ac on nhw'n rai newydd 'fyd,' ychwanegodd. 'Felly fe gymera i ddiod oren os gwelwch chi'n dda,' meddai yn ei Chymraeg Ysgol Sul.

'Be?' gofynnodd Trudi.

'Na wir, 'smo fi moyn ifed yn sili 'to. Falle gymera i beint nes 'mlân.'

'Ia, mi gymra inna'r un fath,' meddai Mona.

'Be sy'n bod ar chi'ch dau?' gofynnodd Trudi.

'Dwy!' cywirodd y ddwy hi.

'Sori! Be sy'n bod ar chi'ch DWY ta?'

''Dan ni jest isio bod yn gall am unwaith, a chofio be 'dan ni'n neud,' ceisiodd Mona ei darbwyllo.

Doedd dim golwg o Harri na Cadfarch yn unlle. Dau sudd oren yn ddiweddarach, roedd Mona a Glenys yn dechrau teimlo'n rhy sobor braidd ynghanol yr holl firi, felly dyma nhw'n dechrau ar y peintiau.

'Dwi 'di gweld Cadfarch wrth y bar,' meddai Trudi wrth stryffaglio drwy'r dyrfa.

'Well i fi fynd i weld os yw 'i shŵs e'n lân, ac i ymddiheuro,' meddai Glenys ac i ffwrdd â hi'n sigledig i chwilio amdano.

Edrychodd Mona o'i chwmpas. Nid dyma ei syniad hi o 'ei chlybio hi'. Asy, be fasa'i ffrindiau coleg hi a heidiodd i weithio i Gaerdydd yn ei feddwl ohoni'n treulio'i nos Sadwrn mewn sièd ddrewllyd? Dychmygai ei ffrindiau yn y ddinas wedi'u gwisgo yn y dillad mwya ffasiynol ac yn yfed coctels soffistigedig mewn clwb trendi. A dyna lle roedd Mona mewn jîns, blows a thrênars, yn yfed o wydr plastig simsan mewn sièd! Ond wrth edrych o'i chwmpas teimlodd Mona'n hynod o gartrefol yng nghanol môr o leisiau Cymraeg coeth sir Drefaldwyn – yng nghanol y werin draddodiadol Gymreig a oedd yn byw ac yn cyfrannu mewn cymdeithas Gymreig go-iawn.

Erbyn hyn roedd hi'n tynnu am un ar ddeg o'r gloch a doedd dim golwg o Harri. Dechreuodd Mona ddigalonni. Ble ddiawl oedd o? Ella ma dim ond tynnu'i choes hi roedd o, ella nad oedd o eisiau ei gweld hi o gwbl. Blydi dynion!

'Haia, secsi,' meddai llais o'r tu ôl iddi.

John oedd o. Dyna'r person olaf yr oedd Mona am ei weld.

'Helô,' meddai'n sychlyd. 'Trudi, dyma John, *hen* ffrind i mi,' meddai gyda phwyslais ar yr hen.

'Helô,' meddai Trudi'n swil. Doedd Trudi heb edrych ar ddyn arall, heb sôn am fynd efo un, ers iddi golli ei dyweddi mewn damwain beic modur dair blynedd ynghynt.

Rhoddodd John ei freichiau rownd y ddwy ohonyn nhw. Rhewodd Mona. Yna tynnwyd ei fraich i fwrdd oddi ar Mona gan fraich gryfach.

'Fi bia hon heno 'ma, John,' meddai llais awdurdodol o'r tu ôl iddi.

'Sori mod i'n hwyr.' Harri oedd yno.

Clywodd Mona ei chalon yn neidio, ei choesau'n crynu a philipala'n chwarae pêl-droed yn ei stumog.

'Paid â deud wrtha i,' meddai gan wenu, 'buwch yn lloio?'

'Ie achan, pam fod yn rhaid i'r diawched loio bob nos Sadwrn, dwed? Me gynnon nhw drwy'r wythnos i ddod â llo a be me nhw'n neud – aros tan nos Sadwrn!'

'Merched, yndê!' meddai John oedd yn dal i afael yn Trudi, ac roedd hithau am unwaith yn edrych yn reit gyfforddus yn ei gwmni.

'Ti isio peint?' gofynnodd Mona iddo.

'Wel, mi ge i un 'te, dwi'n dreifio eto heno.'

Suddodd calon Mona.

'Ond dim ond fi'n hun dwi'n ddreifio heno 'ma, os ne fydd 'na rywun arall isio reid, yndê,' meddai Harri yn ei chlust.

Toddodd Mona.

'Wel, wi 'di pechu'n anfaddeuol.' Daeth Glenys fel tarw dall i'w canol ag un llaw i fyny yn yr awyr a pheint gorlawn yn y llall.

'Be sy'n bod, Glen?' gofynnodd Trudi.

'Odd 'i shŵs gwyn e wedi troi'n orenj-w!'

'Pwy yn 'i iawn bwyll fydde'n dod i ddawns sgubor mewn sgidie gwyn!' meddai Harri.

'Cadfarch,' meddai Glenys.

'O duwedd, hwnnw. Cadfarch Cadi-ffan. Cad-farch – march me hwnnw isio nid merlen,' meddai John yn wawdlyd.

'Be?' gofynnodd Glenys.

'O, dim byd,' meddai John. 'Ti isio dawnsio?' gofynnodd i Trudi. Ac i ffwrdd â'r ddau am ddawns.

'Yffach, pwy yw'r bachan 'na sy 'da Trudi?'

'Rhyw John neu'i gilydd,' meddai Mona gan esgus nad oedd yn ei adnabod.

'John Tŷ'n Rhos. Dipyn o dderyn,' meddai Harri.

'Yffach ma fe'n dal on'd yw e. Fydde *Big John* yn 'itha enw iddo fe. Nawr 'ten, ble 'wi 'di clywed yr enw 'na o'r blân?' meddyliodd Glenys yn ddwys. Gobeithiai Mona na fyddai'n cofio.

'Reit 'ten, 'wi'n mynd am sgowt,' ac i ffwrdd â Glenys am dro i ganol y dyrfa.

'Druan o'r sgowt!' meddai Harri.

'Hei, paid â siarad fel'na am fy ffrind i,' amddiffynnodd Mona hi.

'Glywis i bod hi'n dipyn o un,' meddai Harri.

'Be ti'n feddwl?'

'Llac ei choes, llac ei moes.'

'Efo pwy wyt ti 'di bod yn siarad?'

'O neb yn arbennig – jest rhai o'r cogie sy'n siarad. Tyd i ddawnsio. Dwi'n licio'r gên 'ma,' meddai Harri, gan arwain Mona i ddawnsio.

31

'You're once, twice, three times a lady,

And I love you,' canodd Harri yn ei chlust gan yrru ias i lawr cefn Mona, ond roedd yr hyn a ddywedodd Harri wrthi am Glenys yn chwarae ar ei meddwl.

Roedd Trudi a John yn dawnsio'n glòs hefyd. Ni welodd yr un o'r ddwy ohonyn nhw'r winc a roddodd John a Harri i'w gilydd tu ôl i gefnau'r merched.

Dechreuodd Harri gusanu clust Mona'n ysgafn rhwng geiriau'r gân, yna cusanodd i lawr ei gwddf ac i fyny'n ôl ar draws ei boch, yna cusan ysgafn ar ei cheg. Llyncodd Mona ei phoer. Roedd pob cyffyrddiad yn gyrru iasau trwy'i chorff. Dechreuodd y ddau gusanu yn ysgafn i ddechrau, yna'n hir a'u tafodau'n clymu. Roedd y gân wedi hen orffen, y goleuadau ymlaen, a phawb wedi dechrau canu 'I bob un sy'n ffyddlon' ar ôl i'r disgo ddod i ben, yn ôl traddodiad Mei Mwnci. Roedd ganddo record o ryw gymanfa ganu neu'i gilydd, a byddai'n ei chwarae ar ddiwedd pob dawns sgubor gan gadw pawb yno yn morio canu tan oriau mân y bore. Ond roedd Harri a Mona'n dal i ddawnsio a chusanu gan anwybyddu pawb a phopeth oedd o'u cwmpas.

'Ahem! Sgiws mi,' meddai Glenys yn sigledig iawn erbyn hyn. 'Sori'ch 'styrbo chi, ondife, ond ma'r tacsi'n mynd mewn pum muned.'

'Dydi Mona ddim yn dod yn y tacsi heno 'ma,' meddai Harri cyn i Mona gael cyfle i ateb.

'O, ol reit 'ten. Smo fi'n credu bo Trudi'n dod gatre yn y tacsi chwaith,' meddai gan bwyntio at Trudi oedd law yn llaw efo John yn siarad efo criw o fechgyn.

'Oes 'na rywun 'blaw chdi yn y tacsi?' gofynnodd Mona.

'Nago's, 'sa i'n credu.'

'O, geith Glenys ddod adre efo ni, yn ceith Harri?' meddai Mona.

'Ia, iawn, ond do's 'na'm lot o le yn y cefn,' meddai Harri.

'Yffach gols, 'smo i isie bod yn gwsberen, achan. Fe af i gatre yn y tacsi-w. Ni 'di talu amdano fe, ta beth, felly man a man i rywun neud iws ohono fe,' meddai Glenys.

'Me croeso i chdi ddod efo ni, wir,' meddai Harri a oedd yn teimlo'n euog ei fod wedi bod braidd yn siarp efo hi. 'Dwi'n mynd i'r tŷ bech. Penderfynwch chi'ch dwy pwy sy isie dod adre yn y car efo fi. Paid â dianc,' meddai wrth Mona.

''Na i ddim,' gwenodd Mona. 'Tyd adre efo ni, Glen. Dwi'm yn licio meddwl amdanat ti'n mynd adre dy hun yn y tacsi 'na.'

'Jiw, jiw, fydda i'n iawn. 'Wi'n groten fawr nawr! Cadfarch a'i blincin shŵs!' meddai'n siomedig.

'Paid â phoeni am hwnnw,' meddai Mona, 'dipyn o fabi mam ydi o, glywis i.'

''Smo i isie rhoi dampars ar dy nosweth di, Mons, ond 'smo i 'di clywed pethe rhy neis bytu dy Harri di 'fyd.'

'O, Glenys! Paid â sbwylio noson lyfli. Dwi'n gwbod bo fi ddim yn 'i nabod o'n dda o gwbl eto ond wir i ti, Glen, dwi'm 'di teimlo fel hyn am neb o'r blaen.'

'Paid â'i drysto fe, Mona,' sibrydodd Glenys wrth

weld Harri'n cerdded atynt. 'Fe weda i bopeth wrthot ti yn y bore. Jyst paid â'i drysto fe o gwbwl!'

Cofleidiodd Glenys Mona, yn ôl eu harfer ar ddiwedd noson feddwol. 'Hwyl, Glen,' meddai Mona'n ddryslyd.

'Caru ti hîps!' meddai Glenys wrth gerdded yn igam-ogam am y tacsi.

'Hwyl, Glen,' gwaeddodd Trudi gan gerdded tuag at Mona a Harri. 'Dwi'm yn licio gweld Glenys yn mynd adre ar ei pen i hun.'

'Duwadd, fydd hi'n iawn,' meddai John. 'Dech chi'n ferched mawr rŵan. Wyt ti 'di mynd adre mewn tacsi dy hun rioed?'

'Do, lot o weithia,' meddai Trudi.

'Wel, dyna fo ta,' meddai John. 'Me Tŷ Coch yn dreifio heno 'ma am tsenj, well i ni fynd ne mi fyddwn ni wedi colli'n lifft.'

'Gweld ti nes ymlaen, ia?' meddai Trudi yn swil wrth Mona. 'Paid â gneud dim byd drwg!'

*   *   *

'Ydi pawb yn eisiau goffi?' gwaeddodd Trudi ar waelod y grisiau fore Sul.

'W, ia, coffi plîs,' atebodd Mona.

'Glenys, ti'n eisiau te 'ta goffi?' Ni chafodd ateb.

'Gad iddi gysgu, Trud. Oedd hi'n ryff uffernol neithiwr,' meddai Mona.

Daeth Trudi i mewn a'i gwddw'n biws.

'O mai God!' ebychodd Mona.

'Dwi'n gwbod,' meddai Trudi bron â chrio, 'dwi'n edrych mor *common* yn dydw?'

'Wyt!' meddai Mona'n gellweirus.

'Dwi'n teimlo'n uffernol, sti. Dwi'm 'di bod efo neb ers tri blwyddyn. Dwi'n teimlo bo fi wedi *cheatio* ar Jeff,' a dechreuodd Trudi grio.

'O, Trudi fach,' meddai Mona.

Ychydig iawn a wyddai Mona am Jeff, cyn-gariad Trudi, dim ond ei fod wedi ei ladd mewn damwain beic modur dros dair blynedd yn ôl. Agorodd Trudi ei chalon gan adrodd fel yr oedd y ddau wedi ffraeo y noson y bu Jeff farw ac iddo yrru'n wyllt. Teimlai mai hi a achosodd ei farwolaeth, ac roedd wedi gwneud addewid iddi'i hun na fyddai byth yn canlyn neb byth eto o barch iddo.

'Mae'n rhaid i ti edrych ymlaen, Trudi fach. Ti dal yn ifanc ac ma dy fywyd di o dy flaen di,' ceisiodd Mona ei chysuro.

'Dwi'm yn meddwl bydd John isio weld fi eto chwaith,' meddai Trudi'n ddagreuol. 'Oeddat ti'n iawn, dim ond un peth oedd o isio, a phan nes i deud "na", ath o'n od a mynd adre.'

'Gwynt teg ar 'i ôl o, Trud. Ddudis i ma hen fasdad-uffarn-diawl oedd o'n do?'

'Beth amdanat ti a Harri 'te?' meddai Trudi oedd wedi llwyr anghofio am anturiaethau Mona y noson cynt.

'Wel, dwi'm yn gwbod...' dechreuodd Mona. 'Dwi'n hoff iawn ohono fo, ond dwi'm yn gwbod... Sut wyt ti'n deud wrth ddyn nad wyt ti'n mynd i gael rhyw efo neb oni bai dy fod ti'n bwriadu'i briodi o – heb ei ddychryn o!'

'Ti'n rîli meddwl fel'na?'

'Ydw. Dwi'n gwbod bo fi'n hen ffasiwn. Ond – ydw. Fy nghorff i ydi o. Dyma'r unig beth dwi'n berchen, a tydw i ddim yn mynd i adael i unrhyw Dom, Dic neu . . . ie, hyd yn oed Harri, gael fy nefnyddio i fel lician nhw. Dim ond rhywun arbennig iawn gaiff feddiannu nghorff i – rhywun fydda i'n gwybod fydd yn fy mharchu i ac yn fy ngwerthfawrogi i am byth.'

'Do's ryfadd bo ti heb gal secs efo neb!' chwarddodd Trudi. 'Basa'r pregeth yna'n ddigon i roi unrhyw un off secs!'

Daeth cnoc uchel ar ddrws y tŷ.

'Dos di, Mona. Ma llygada fi'n rhy goch,' meddai Trudi.

Cnociwyd ar y drws eto yn uchel ac awdurdodol.

'Ocê, ocê, dwi'n dod rŵan,' gwaeddodd Mona, gan neidio i mewn i'w jîns a thynnu siwmper dros ei phen. Rhedodd i lawr y grisiau ac agor y drws. O'i blaen safai plismon a phlismones yn llawn awdurdod a phwysigrwydd.

'Ydi Glenys Wyn Walters yn byw yma?' gofynnodd y plismon yn rhyfeddol o dyner. Asy! Plismon yn siarad Cymraeg, meddyliodd Mona.

'Ydi, mi alwa i arni hi rŵan. Glenys! Glenys!' gwaeddodd Mona.

'Gawn ni ddod i mewn?' gofynnodd y blismones.

'Cewch siŵr iawn,' meddai gan agor y drws a'u harwain i'r lolfa.

'Oes 'na rywun arall yn byw yma?'

'Oes, Trudi Jones.'

'Mae gynnon ni newyddion drwg i chi, mae gen i ofn,' meddai'r blismones. 'Well i Trudi ddod i lawr os ydi hi adre.'

'Trudi, tyd lawr, a thitha Glenys,' gwaeddodd Mona yng ngwaelod y grisiau a'i llais yn crynu.

Daeth Trudi i lawr yn gwisgo 'polo nec' fawr a phanig yn ei llygaid tywyll. 'Dwi'm yn gedru ffindio Glenys. Dydi'm yn 'i llofft hi,' meddai gan gerdded i mewn i'r lolfa. '*Oh my God, what's happened*,' meddai gan droi yn awtomatig i'r Saesneg pan welodd y plismyn.

'Ma gynnon ni newyddion drwg am Glenys, ma gen i ofn,' meddai'r blismones yn dawel ond yn gadarn. 'Mi fuodd hi mewn damwain ddrwg neithiwr . . .'

'Omaigod, omaigod, omaigod na, na . . .' dechreuodd Trudi golli arni ei hun wrth i'r gorffennol saethu'n ôl.

'Ma hi dal yn fyw, ond ma hi'n *critically ill*,' medda'r plismon.

'O diolch i Dduw,' meddai Mona.

'Ond mae hi'n wael iawn,' meddai'r blismones. 'Mae mewn *coma* yn *intensive care* yn Ysbyty Amwythig.'

Yn ôl tystiolaeth gyrrwr y bws-mini, ymddengys i Glenys chwydu ar ei ben ac iddo yntau golli rheolaeth ar y bws-mini a gyrru i mewn i goeden. Heblaw am fod mewn tipyn o sioc, doedd y gyrrwr fawr gwaeth, ond gan nad oedd Glenys yn gwisgo'i gwregys diogelwch fe'i taflwyd hi allan trwy ffenest flaen y bws-mini.

'Reit, Trudi, well i ni fynd i'r sbyty i weld sut mae hi,' meddai Mona yn hynod o ddigyffro, gan godi ar ei thraed ac estyn goriadau ei char. 'Fydd yr hen Glenys fawr o dro yn dod at ei hun, ac adre'n reit fuan, gei di weld.'

'Mona,' meddai'r blismones yn araf, 'efallai na ddaw Glenys yn ei hôl. Mae hi'n ddifrifol wael,' ychwanegodd gan bwysleisio pob gair yn ofalus rhag ofn nad oedd Mona'n llawn sylweddoli difrifoldeb y sefyllfa.

Â'i dwylo'n crynu, a'i stumog yn corddi y cyrhaeddodd Mona faes parcio anferth yr ysbyty. Bu'n rheoli ei dagrau yr holl ffordd, a doedd ubain Trudi'n ddim help.

'I believe that Glenys Walters is in the intensive care unit?' meddai Mona yn ei Saesneg gorau wrth y nyrs yn nerbynfa'r uned gofal dwys. Ar ôl egluro pwy oedden nhw, fe'u gadawyd i mewn i'r uned a dilynodd y ddwy y nyrs i lawr y coridor. Ceisiodd y nyrs eu paratoi at yr olygfa oedd o'u blaenau.

'She's had terrible head and facial injuries due to the impact. She has internal injuries and is critically ill. She's on a life support machine at the moment to help her breathe,' meddai, gan eu harwain i stafell lai gyda dau wely yno. Roedd pob mathau o beiriannau a sgriniau yn gwneud gwahanol synau blipio rhythmig ac oglau ysbyty'n gry yno. Roedd Trudi druan yn ei dagrau ac yn dal ar ei hanadl ers meityn. Gafaelodd Mona'n dyner yn ei braich a'i thynnu ar ôl y nyrs at wely ar yr ochr dde.

'Here she is. She's in a coma but she might hear you. So please talk to her as much as you can,' meddai'r nyrs yn dawel a thyner.

'Nid Glenys 'di hon,' meddai Mona wrth edrych ar y

person a orweddai o'i blaen. Roedd croen ochr chwith ei hwyneb bach tlws wedi ei rwygo i ffwrdd ynghyd â'i gwallt ar yr un ochr i'w phen. Roedd ei thrwyn yn rhacs. Rhedodd Mona allan i'r toiled agosaf a chwydu ei pherfedd gan grio bob yn ail.

Fe gafodd Trudi nerth rhyfeddol o rywle a gafaelodd yn llaw lipa Glenys gan ddechrau siarad yn dyner â hi trwy ei dagrau. Roedd peipiau fel slywennod yn dod allan o'i chorff – rhai yn ei breichiau, eraill yn ei gwddf.

'O Glenys bach, pam na fasat ti wedi dod adra efo ni neithiwr. O Glen, agora dy lyg'id . . .' yna sylweddolodd fod ei llygad dde ar goll. Rhedodd hithau i'r toiled i chwydu.

Daeth Mona at erchwyn y gwely, ac eistedd ar yr ochr chwith. Gallasai edrych ar ochr chwith ei hwyneb, gan fod y rhan fwyaf o hwnnw'n dal yno. Gafaelodd yn ei llaw chwith ac aeth â'i llaw arall ar hyd hynny o wallt oedd ganddi ar ôl. Roedd yn galed gan waed. Nid fel hyn yr arferai gwallt coch trwchus Glenys fod; arferai fod yn ffres, yn lân loyw ac yn llawn bywyd, yn union fel Glenys ei hunan.

Roedd nyrs yno drwy'r amser yn tendio ar y peiriannau ac yn sgwennu ar wahanol siartiau. Daeth doctor heibio a gorchymyn bod bandais pwrpasol yn cael ei roi ar wyneb Glenys. Edrychodd ar y siartiau ac ochneidiodd gan ysgwyd ei ben. Eglurodd y doctor ei bod yn edrych yn debygol bod niwed parhaol wedi cael ei wneud i'r ymennydd yn ôl y sgan a gafodd yn ystod y nos.

Fferrodd Mona, a gofynnodd am eglurhad pellach. Roedd Trudi yn ei hôl erbyn hyn hefyd.

'She might not walk or talk ever again,' meddai yn ddi-flewyn-ar-dafod gan ddal i astudio'r siartiau.

'Can't you tell me something positive?' meddai Mona'n reit flin gydag agwedd ddideimlad y doctor.

'She might,' meddai'n ddidaro.

Daeth nyrs arall i mewn i ddweud bod rhieni Glenys wedi cyrraedd, felly roedd yn rhaid i Mona a Trudi aros y tu allan i'r uned gan mai dim ond dau a gâi fod gyda chlaf ar unwaith.

Bu'r ddwy'n wylo yn yr ystafell aros am oesoedd. Y ddwy yn eu beio'u hunain am adael i Glenys fynd adre yn y bws-mini yn lle mynnu ei bod yn mynd adre efo nhw. Y ddwy yn disgwyl i'r hunlle ddod i ben. Y ddwy'n gobeithio â'u holl galonnau y deuai Glenys drwyddi.

Daeth rhieni Glenys i'r ystafell aros. Roedd ei mam yn ddagreuol iawn ond yn reit solet, ond roedd ei thad hi druan yn torri'i galon fach fregus; ni fedrai gredu mai ei 'groten fach e' oedd yn gorwedd mor ddiymadferth yn y gwely.

Dirywio wnaeth y sefyllfa; roedd cymaint o niwed wedi'i wneud i ymennydd Glenys fel mai'r unig ffordd o'i chadw'n fyw fyddai ar beiriant cynnal bywyd. Gofynnwyd i'w rhieni ystyried diffodd y peiriant. Rhai dyddiau'n ddiweddarach fe'u darbwyllwyd nad oedd diben ei chadw'n fyw yn y stad yr oedd hi ynddo, ac fe ddiffoddwyd y peiriant.

Bu farw Glenys am ddeg o'r gloch nos Sadwrn, Mehefin 13eg, 1992.

Pennod 3

Ni fu fawr o drefn ar Mona a Trudi wedi marwolaeth Glenys. Gofynnodd y teulu iddynt awgrymu ambell emyn ar gyfer y gwasanaeth angladdol. 'O Iesu mawr' oedd ei ffefryn, ac er nad oedd yn gapelwraig fawr, roedd hi'n reit falch ei bod yn Fedyddwraig ac wedi cael bedydd 'go-iawn', nid 'rhyw ffripsyn o ddŵr ar dalcen'. Arferai ganu'r emyn yma'n llawn dramatics gan ddynwared ei Modryb Bet yn canu yn y capel erstalwm, a'i phen a'i llais yn gryndod i gyd.

> 'O Iesu Mawr, rho d'anian bur
> I eiddil gwan mewn anial dir,
> I'w nerthu trwy'r holl rwystrau sy
> Ar ddyrys daith i'r Ganaan fry.'

Mae'n debyg i Harri alw sawl gwaith yn y Nyth Glyd yn y cyfnod y bu Glenys yn wael ond nad oedd neb gartre. Roedd yr ardal gyfan wedi cael ei hysgwyd gan y ddamwain, ac roedd Harri yntau'n teimlo'n euog am nad oedd wedi ceisio rhoi mwy o berswâd ar Glenys i gael reid adre efo fo a Mona y noson honno.

Cafodd Mona a Trudi wahoddiad i fynd i aros i gartre'r teulu noson cyn yr angladd, i arbed iddynt orfod teithio mor bell mewn diwrnod. Teimlai'r ddwy fod y teulu wironeddol eisiau iddyn nhw aros yno, a'u bod eisiau bod yn agos i'r ddwy oedd wedi bod yn gymaint o ffrindiau efo'u merch. Bu'r ddwy'n gwneud copïau o'r holl luniau lled-barchus oedd ganddynt o Glenys i'w rhoi i'r teulu.

Cafodd y ddwy groeso tywysogaidd yn y tŷ teras ym Mhontyberem. Bu'n rhai munudau cyn i neb fedru dweud gair, dim ond cofleidio'i gilydd yn ddagreuol.

'Dewch i gal dishgled fach, nawr 'ten,' meddai mam Glenys gan sychu ei dagrau.

'Bydd Densil a Bethan 'ma nes mlân nawr, ma nhw'n dishgwl mlân i gwrddyd â chi,' eglurodd tad Glenys ar ôl chwythu ei drwyn coch mewn hances boced. Roedd brawd a chwaer Glenys wyth a deng mlynedd yn hŷn na Glenys. 'Syrpreis bach' oedd hi.

Ar ôl cael te bach pnawn, fe alwodd y gweinidog. Penderfynodd mam Glenys ddangos eu llofft i Mona a Trudi, iddyn nhw gael gwneud eu hunain yn gyffordduss tra oedd y trefniadau olaf yn cael eu gwneud. Llofft Glenys oedd hi, efo gwely deulawr yno a phob math o deganau meddal ar hyd y lle.

'Gnewch ych hunen yn gartrefol nawr – cewch fynd a dod fel 'ych chi moyn, cofiwch. Ein cartre ni yw'ch cartre chi 'fyd,' meddai'r fam.

'Dach chi isio i ni neud rwbath i chi?' gofynnodd Mona gan deimlo eu bod nhw o'r ffordd braidd.

'Na, 'sa i'n credu. Ma pawb 'di bod mor garedig 'ma chi'm'bod. Ma llond gwlad o gacs 'da fi – allen i agor siop-w.'

'Dach chi'n eisiau i ni gneud panad i bobol sy'n galw i gweld chi,' gofynnodd Trudi yn awyddus iawn jest i wneud unrhyw beth.

Gwelodd y fam eu bod yn teimlo ar goll braidd ac y byddent yn teimlo'n well o fod yn brysur.

'Wel, o'r gore 'ten, dim ond os 'ych chi moyn,

cofiwch, achos 'wi'n 'i chal hi'n anodd i ganolbwyntio braidd ac yn rhoi siwgir yn lle llath i bobl yn 'u te . . .' dechreuodd ei llais dorri eto.

Ymhen rhai munudau, aeth Mona a Trudi ar eu pennau i'r gegin i roi'r tegell i ferwi a chwilio am gwpanau a soseri. Doedd dim llaeth ar ôl yn yr oergell, felly cawsant esgus i fynd allan am dro i'r siop agosaf.

Os oedd gan Magi Post efaill, y ddynes tu ôl i gownter y siop oedd honno. Twmplen fach dew oedd hon, â chwmwl o wallt gwyn ar ei phen. Edrychai'n ddrwgdybus dros ei sbectol hanner crwn ar ddieithraid a ddeuai i'r siop.

Bu Mona a Trudi yn edrych o gwmpas, yn bodio ambell gylchgrawn, ambell becyn o fisgedi a siocledi, cyn mynd i nôl llaeth.

'Gwell i ni dod â siwgwr hefyd, ia?' awgrymodd Trudi.

'Ia, rhag ofn, a menyn a thorth o fara hefyd. A thun o ham.'

'Tun o ham?' gofynnodd Trudi mewn penbleth.

'Sori,' eglurodd Mona. 'Ma Mam wastad yn cadw tun o ham yn tŷ rhag ofn i bobol ddiarth alw – mi fasa'n gallu gneud platiad o frechdana ham iddyn nhw os dim byd arall.'

Wrth gerdded at y cownter fe glywen nhw Magi Post yr Ail yn siarad yn dawel â chwsmer.

'Trueni ofnadw! Ma'i thylwth hi druan bytu torri'u c'lonne. Glenys druan. Drygs ma nhw'n weud odd y bai chi'n gwel. Ath hi'n groten wyllt sha'r colej 'na medde nhw. Ond 'na fe, odd i rhieni hi'n rhy *strict* o lawer 'da hi pan odd hi'n groten ifanc, a wedi 'ny pan gath hi ryddid – ath hi'n wyllt reit, on'dofe.'

'Dwi'n cymryd na fyddwch chi'n mynd i'w hangladd hi fory ta,' taranodd Mona gan roi ffluch i'w basged ar y cownter.

'O . . . y . . . helô. O'ch chi'n gyfarwydd â Glenys 'ten? On i jest yn gweud shwt groten fach mor ffein odd hi nawr . . .'

'Ddaru ni clywed ti'n iawn, diolch,' gwthiodd Trudi ei phig i mewn.

'Doedd Glenys ddim ar ddrygs a doedd hi ddim yn wyllt,' meddai Mona rhwng ei dannedd.

'Wel, nagodd sbo. Wi'n flin os 'wi wedi'ch ypseto chi, dim ond gweud beth 'wi'n glywed 'wi . . . och chi'n ffrindie agos i Glenys o'ch chi?' ceisiodd sugno mwy o wybodaeth allan ohonyn nhw.

'Oeddan. Ffrindia penna,' dechreuodd Mona.

'Oddan ni fel chwiorydd iddi, ac os 'na i clywed ti'n ddeud petha cas amdani eto, neu unrhyw beth arall sy'n clwydda am Glenys . . . 'na i dy blydi ffustio di'r blydi bitsh!' bytheiriodd Trudi.

Edrychodd Mona arni'n syn. Doedd Trudi ddim yn colli'i limpin yn aml – ond lwc owt pan fyddai. Roedd gên Magi Post yr Ail bron â tharo'r cownter.

Talodd Mona am y nwyddau ac allan â hi ar ôl Trudi, a oedd wedi rhoi cythgiam o glec i ddrws y siop nes bod y gloch yn diasbedain a'r silffoedd yn crynu.

'Asy gwyn, Trudi, hold on,' meddai Mona gan hanner rhedeg y tu ôl iddi efo'r bagiau.

'Blydi, blydi, blydi bitsh!' gwaeddodd Trudi gan geisio rheoli'i dagrau.

'Trudi, elli di ddim mynd yn ôl i'r tŷ yn y stad wyt ti yno fo!' meddai Mona allan o wynt, 'Tyd, awn ni am dro rownd y pentra 'ma. Hwda, caria un o'r bagia 'ma, wir ddyn.'

Cerddodd y ddwy o amgylch y pentref heb yngan gair, gan osgoi pasio'r siop, a oedd bellach wedi cau. Dechreuodd Mona chwerthin wrth ddychmygu ffasiwn stad oedd ar y ddynes fach y tu ôl i'r cownter. Dychmygai nad oedd erioed wedi clywed y ffasiwn iaith – a hwnnw wedi'i gyfeirio'n uniongyrchol ati hi.

'Be sy'n digri?' gofynnodd Trudi oedd wedi dod at ei choed ychydig erbyn hyn.

'Ti.'

'Fi?'

'Ia . . . asy, 'sa chdi 'di gweld wynab y Magi Post 'na . . .' meddai Mona gan ddechrau chwerthin yn afreolus.

''Di o ddim yn digri,' meddai Trudi gan ddechrau gwenu. 'Yr hen sguthan.'

'Dyna welliant – alla i gôpio efo "hen sguthan", ma'n swnio dipyn bach gwell na "blydi bitsh",' meddai Mona gan eistedd ar fainc ar y stryd gan ei bod yn rhy wan i sefyll.

'Ddylia ni ddim chwerthin, sti,' meddai Trudi o'r diwedd ac ymuno efo Mona. 'Dwi'n siŵr bo Glenys 'di bod isio deud hynna wrthi ers blynyddoedd!' medda Trudi gan geisio cyfiawnhau ei gweithred.

'Dwi'n siŵr ei bod hi, Trud fach. Asy, mi fasa hi 'di chwerthin rŵan tasa hi yma'n basa?' Fe sobrodd y ddwy yn reit sydyn wrth feddwl am Glenys druan, ac ymlwybro'n ôl at y tŷ.

'Odden ni bytu hala *search party* mas i'ch whilo chi,' meddai tad Glenys wrth eu gweld yn dychwelyd.

'Sori, athon ni am dro bach,' meddai Mona.

'Ydi pawb yn eisiau paned?' gofynnodd Trudi.

'W, bydde dishgled fach yn ffein nawr.'

'Do's 'na neb yn eisiau paned 'te?' meddai Trudi yn ddryslyd.

'Oes!' meddai pawb.

Galwodd sawl ewyrth, modryb ac ambell gefnder a chyfnither rhwng te a swper, a bu Mona a Trudi yn reit brysur yn tendio ar bawb. Ar ôl swper syml o frechdanau ham tun a phicl, cerddodd dyn tal, golygus mewn dillad moto-beic lledr i'r tŷ.

'Shw' mae,' meddai'n swil wrth bawb.

'Densil, achan, 'ma ti o'r diwedd-w,' meddai ei fam.

'Ma Bethan ar 'i ffordd 'fyd,' eglurodd Densil.

Ar y gair, cerddodd Bethan i'r tŷ yn fyr ei gwynt. Roedd hi'r un ffunud â Glenys oni bai am ei gwallt tywyll – yr un siâp, yr un gerddediad, yr un osgo, yr un llais. Y gwahaniaeth mwyaf oedd ei hoedran. Roedd yn briod a chanddi ddau o fechgyn ifanc oedd yn meddwl y byd o'u modryb Glen.

Ar ôl rhai munudau o fân siarad, a phaned arall eto fyth, aeth Mona i nôl casgliad o luniau Glenys. Bu pawb yn edrych ar y lluniau rhwng chwerthin a dagrau am rai oriau – lluniau o Glenys fel athrawes yn yr ysgol, efo'i dosbarth, ar drip ysgol, mewn cyngerdd Nadolig, mewn parti Ffermwyr Ieuainc, yn y Rali efo'i sbwng jam, yn y Nyth Glyd yn 'jacôs' o flaen y tân . . . llond bocs o luniau o Glenys yn llawn bywyd. Sylwodd Mona fod Trudi yn edrych yn hynod o gartrefol yn eistedd ar y soffa fach yn dangos y lluniau i Densil.

Bu bore trannoeth yn fore hir. Teimlai pawb yn anniddig – pawb ar bigau'r drain, a'r angladd yn pwyso ar eu meddyliau.

Galwodd Densil cyn cinio. Roedd o wedi bod draw yn y capel yn gwneud yn siŵr fod popeth yn iawn, ac wedi cymryd ato'n lân pan welodd yr arch a'r plât efydd gydag enw 'Glenys Wyn Walters' arno. Dechreuodd y rhieni wylo wrth weld eu mab yn torri'i galon. Amneidiodd Mona ar Trudi i fynd efo hi i'r gegin gan adael llonydd i'r teulu alaru efo'i gilydd am ennyd.

'Tyrd, wnawn ni ginio i bawb,' meddai Mona gan ymladd ei dagrau.

'Sgynno fi ddim awydd dim byd, sti. Ond 'sa'n well i ni drio buta rwbath, yn basa? Dwi dim yn isio ffêntio na'm byd fel 'na pnawn 'ma,' meddai Trudi gan gofio'r angladd ddiwethaf y bu hi ynddi.

'Ma pnawn 'ma'n mynd i fod yn andros o anodd i chdi, yntydi Trud?' meddai Mona gan sylweddoli fod y pythefnos diwethaf wedi dod â hunlle'r gorffennol yn ôl i Trudi.

'Yndi,' atebodd Trudi â'i cheg yn crynu. 'Dwi'm 'di bod i angladd ers un Jeff,' a dechreuodd dorri'i chalon go-iawn.

Gafaelodd Mona'n dynn ynddi.

'O Trudi druan. Dwi'n teimlo drostat ti, cofia. Dwi'n teimlo dros y teulu 'ma. Dwi'n teimlo dros Glenys druan. Dwi'n diawlio'n hun na fasan ni wedi mynd â hi adre efo ni'r noson honno. Dwi'n gwbod ma damwain oedd y cyfan . . . ond dwi'n dal i ddiawlio ac uffernoli . . .'

'O leia 'aru ti ddim cael ffrae efo hi pan 'aru ti gweld hi ddwytha, fatha nes i a Jeff.'

'Tyd rŵan, paid â meddwl fel'na, Trud. Damwain 'di damwain. Ffawd 'di ffawd. Ma'n rhaid i ni ddod trwy hyn yn gry – efo'n gilydd. Tyd rŵan.'

Ar ôl i'r ddwy ddod atynt eu hunain, edrychodd Mona yn y cwpwrdd am rywbeth i'w roi ar frechdan.

'O's 'na'm samon neu rwbath yma?' meddai Mona, wrth edrych drwy'r tuniau. 'Reit, be sy 'ma dwad, ma 'na tiwna, cornbîff, mêl, jam riwbob a jinjyr, marmait . . .'

'Gobitho smo chi 'di cal cinio,' meddai Bethan gan gerdded yn frysiog i'r tŷ yn llond ei hafflau o fagiau 'sglod a sgod'. 'On i'n meddwl liciech chi 'bach o *fish* a *chips* am newid bach.'

Edrychodd Mona a Trudi yn syn arni. Gallasai'r ddwy daeru mai llais Glenys a glywsent am funud, cyn sylweddoli mai Bethan oedd yn siarad.

Fe aeth y bwyd i lawr yn rhyfeddol, a chysidro nad oedd fawr o archwaeth bwyd ar neb.

Newidiodd pawb i'w du tywyll, sobr ar ôl cinio. Gafaelodd mam Glenys mewn bocs o hancesi poced papur.

'Well i ni gal digon o rhain, sbo,' meddai gan stwffio llond llaw i bawb.

Edrychai Densil yn hollol wahanol mewn siwt dywyll. Tipyn o bishyn a deud y gwir – llond pen o wallt cyrliog, tywyll, llygaid brown tywyll, trwyn braidd yn gam ond yn un â chymeriad iddo (wedi ei dorri wrth chwarae rygbi, tybiai Mona), mwstásh trwchus uwchben rhesaid o ddannedd gwynion perffaith. Roedd ganddo'r un wên â Glenys yn union.

Gyda'u stumogau'n corddi, lympiau yn eu gyddfau a hiraeth yn rhwygo eu calonnau, aethpwyd â nhw i'r capel mewn cerbyd hir, tywyll.

Roedd y dyrfa fel morgrug llonydd, mud y tu allan i'r capel mawr a bu'n rhaid cael uchelseinydd i'r dyrfa fedru clywed y gwasanaeth y tu allan. Neidiodd calon Mona wrth weld Harri yn y dyrfa. Bu bron iddi anghofio amdano yn ystod holl ddigwyddiadau'r dyddiau diwethaf. Hanner gwenodd wrth weld Cadfarch yno hefyd, chwarae teg iddo. Sylweddolodd fod bron i bawb yn y Clwb Ffermwyr Ifanc yno hefyd, a daeth lwmp i'w gwddf eto. Gafaelodd ym mraich Trudi wrth gerdded y tu ôl i'r teulu i'r capel gorlawn.

Hen weinidog llychlyd oedd wrth y llyw – mor wahanol i'r gweinidog ifanc, llawn bywyd a arferai weinidogaethu yng nghapel Mona yn Sir Fôn erstalwm. Un o'r hen gorff go-iawn oedd hwn – y teip oedd wrth ei fodd mewn angladdau, yn enwedig rhai mawr. Y teip sy'n mynnu mai 'gwaith Duw' oedd hyn.

Hen fasdad 'di Duw ta! meddyliodd Mona.

'Pan fyddwn ni'n gadael y byd yma, byddwn yn gadael popeth ar ein holau, ein teulu, ein ffrindiau, pawb – ond am un. Yr Un hwnnw, yw'r Un pwysica i gyd – Duw! Mi fydd Duw gyda Gles . . . o, ym . . . Glenys fach, gyfeillion. Duw sy'n gofalu amdani nawr.

'Dan ni'n cyflwyno'n chwaer fach Glenys i dy ddwylo cadarn di, o Dduw.'

Basdad-uffarn-diawl! meddyliodd Mona.

Wedyn os nad oedd y teulu'n crio erbyn hyn, dyma ddod ag ychydig mwy o 'eiriau o gysur' i chwarae efo'u teimladau.

'Wel, deulu bach trallodus. Ga i estyn fy nghydymdeimlad dwysaf i chi fel teulu yma heddiw. Peth mawr ydi colli aelod o'r teulu ar unrhyw adeg, ond mae hyd yn oed yn waeth pan fo tad a mam yn colli'u plentyn. Glenys fach oedd y cyw melyn olaf yn y teulu, a hi oedd cannwyll llygad ei rhieni, Bob a Gwenda, a chwaer fach annwyl i Densil a Bethan a chwaer-yng-nghyfraith Gareth. Roedd gan ei neiaint, Tomos a Huw, feddwl y byd o'u "Hanti Glen" a hithau feddwl y byd ohonyn nhwthau . . .'

Erbyn hyn roedd y teulu i gyd yn eu dagrau, a'r gweinidog yn traethu bron iawn yn fuddugoliaethus am ei fod wedi llwyddo i wneud i bawb grio.

Diolch byth am deyrnged prifathro'r ysgol uwchradd. Teyrnged fach ddi-ffws, agos-atoch, hollol ddidwyll a ddarluniodd y Glenys yr adwaenai pawb hi, a'r Glenys yr oedd pawb am ei chofio.

Roedd Mona a Trudi wedi ymdopi'n dda trwy'r gwasanaeth, tan yr emyn olaf. Bu'r canu greddfol, dwys o'r emyn 'O Iesu Mawr' a glywyd yn llenwi'r capel yn ormod i'r ddwy, wrth iddynt gofio fel y byddai Glenys druan yn canu'r emyn iddynt mor fywiog yn y Nyth Glyd erstalwm.

Wedi awr dda o wasanaeth aethpwyd ymlaen i'r

fynwent. Roedd y dyrfa'n edrych yn anferthol, ac yn gwneud y sefyllfa'n waeth rywsut. Glenys druan wedi darfod, wedi mynd . . .

Doedd Trudi ddim yn ymdopi'n dda iawn o gwbwl yn y fynwent. Dechreuodd grynu'n afreolus, ac aeth i grio'n hidl wrth weld yr arch yn cael ei gostwng i'r bedd. Plethodd Mona ei braich yn gadarn ym mraich Trudi wrth gerdded at y bedd. Cyflymodd anadl Trudi; roedd y lle yn troi ac ni allai beidio crio, ubain crio, crynu crio, sgrechian crio, a'r lle yn troi a throi . . . Fe glywyd ei sgrech yn atseinio o ben draw'r fynwent cyn iddi lewygu. Bu bron i Mona golli ei gafael ynddi, ond daeth braich gref i'w chynorthwyo. Densil oedd yno.

* * *

'Sori am gneud *scene*. Dwi'n teimlo'n rîli stiwpid rŵan. Dwi'm 'di bod i angladd ers blynyddoedd,' eglurodd Trudi wrth Densil dros ei phaned yn y festri. Doedd Densil ddim wedi gadael ei hochr ers iddi lewygu yn y fynwent.

'Paid â becso, bach,' meddai Densil yn dyner.

'Odd yr angladd dwytha fues i yno fo'n rhywun ifanc hefyd. Odd hwnnw'n angladd trist ofnadwy . . .'

''Wi'n deall yn iawn, bach,' meddai Densil gan wasgu ei llaw. 'Nawr 'ten, byta rywbeth, fe deimli di'n well wedyn.'

Daeth Harri draw at Mona.

'Ffor wyt ti, bech?' gofynnodd yn swil.

'O, go-lew sti, dan yr amgylchiada. Ti 'di teithio'n bell.'

'Peth lleia allwn i neud. Dwi 'di bod yn teimlo'n uffernol am yr holl beth.'

'A finna.'

'Alla i ddod drew i dy weld di rywbryd?' gofynnodd gyda'i lygaid hudolus.

Gwenodd Mona. 'Iawn.'

Sgwennodd Harri ei rif ffôn ar bapur decpunt a'i roi i Mona. 'Dyma'r unig feth o bapur sy gen i! Ffonia fi pan fyddi di awydd.'

Mynnodd y teulu fod Mona a Trudi yn aros noson arall ym Mhontyberem cyn gyrru'r holl ffordd yn ôl i'r canolbarth. Dwy awr dda y byddai'r daith wedi'i chymryd, ond na, roedd hynny'n ormod o siwrnai yn eu tyb nhw ar ôl y fath ddiwrnod, wir. Fydden nhw ddim yn hapus yn meddwl amdanyn nhw'n gyrru'n ôl, yn enwedig a Trudi druan mewn cymaint o stad. Ond roedd 'Trudi druan' wedi gwella'n syndod erbyn hyn, ac yn eitha parod i aros, gan esgus bod cur pen ofnadwy ganddi. Doedd Mona ddim yn malio aros chwaith, yn enwedig gan ei bod hi wedi dechrau bwrw glaw yn ddychrynllyd ar ôl te. Fyddai gyrru adre yn y tywydd yma ddim yn hwyl. Heb fawr o berswâd felly, fe arhosodd y ddwy noson a diwrnod llawn arall gyda theulu Glenys.

Cofleidiau dagreuol fu'r ffarwelio drannoeth, gyda sawl 'Pidwch bod yn ddierth nawr', a 'Cofiwch alw unrhyw bryd pan fyddwch chi'n y cyffinie', 'siwrnai ddiogel i chi nawr', 'diolch am y croeso', yna torrwyd ar draws y ffarwelio gan Densil.

'Ond beth am bethe Glenys?'

'Be ti'n feddwl nawr?' gofynnodd ei fam.

'Wel, ei phethach hi lan y gog. Chi'm 'bod, ei dillad hi a phethach.'

'Www, wel, nawr 'te, on i wedi anghofio popeth bytu 'na.'

'Allen i fynd draw i hôl y stwff rywbryd?' awgrymodd Densil.

'Fyddech chi'n mindio casglu'i phethe hi at 'i gilydd?' gofynnodd mam Glenys.

'Allen i ddod draw penwthnos nesa, os yw hynny'n gyfleus 'da chi?' Edrych ar Trudi a wnâi Densil wrth ofyn y cwestiwn.

'Yndi, siŵr iawn,' atebodd Trudi cyn i Mona gael cyfle i yngan gair. Roedd pilipala bach yn dawnsio ym mol Trudi!

*   *   *

Y dasg anoddaf a gafodd Trudi a Mona oedd magu plwc i glirio llofft Glenys. Doedd yr un o'r ddwy wedi bod yn ei llofft ers y ddamwain, a phan aethant i mewn roedd y rhan fwyaf o'i dillad wedi'u taflu blith draphlith ar y gwely. Yna cofiasant iddyn nhw drio bron pob dilledyn ymlaen cyn mynd i'r ddawns sgubor honno ym Meirionnydd dros bythefnos ynghynt. Edrychai hynny fel oes yn ôl. Teimlent eu bod yn tresbasu ar dir sanctaidd wrth gerdded hyd ei llofft.

Llifai dagrau i lawr gruddiau'r ddwy wrth iddynt gasglu ei dillad a'u lapio'n dyner i mewn i gês anferth. Rhoesant ei hesgidiau bach maint pedwar i gyd mewn bag plastig du. Rhoddwyd y dillad oedd yn y 'chest o'drôrs' – yn sanau, dillad isa, trowsusau a siwmperi – mewn bag arall. Cliriwyd ei cholur a'i gemwaith a'u rhoi i gyd mewn bocs ynghyd â'r sychwr gwallt a'r gwahanol frwsys gwallt oedd ganddi. Roedd peth o'i gwallt yn dal ar y brwsys. Fe ddatododd Mona ychydig o'r gwallt a'i roi mewn dwy amlen i'r ddwy ohonyn nhw ei gadw.

Roedd ei basged ddillad budron yn llawn.

'Ma hogla Glenys ar y jympyr yma,' meddai Trudi gan blannu ei phen i'r siwmper.

'Ac ar y flows yma hefyd,' meddai Mona.

Penderfynasant na fyddent yn golchi ei dillad budron, dim ond ei dillad isa, fel bo'r teulu'n gallu cadw cymaint o atgofion ag y gallent ohoni. Gwnaethant yr un peth efo clustogau'r gwely, dim ond golchi'r cynfasau.

Roeddent wedi cael trefn ar bopeth heblaw am y cwpwrdd bach wrth ochr y gwely. Yn hwn y cadwai Glenys ei phethau personol.

'Agora di o,' meddai Trudi.

'Na. Agora di o,' meddai Mona.

'Nawn ni agor o efo'n gilydd, ia?' awgrymodd Trudi, ac felly y bu.

Yn y cwpwrdd roedd yna wahanol drugareddau, yn gylchgronau merched, poteli o wahanol ffisig, tabledi cur pen, potel fach o olew lafant ac amryw o olewyddion eraill. Yng nghornel y cwpwrdd bach roedd yno becyn o chwe chondom. Dim ond dau oedd ar ôl ynddo.

'Blydi hel!' meddai Mona mewn syndod. 'Reit, geith hwnna fynd i'r bin ar ei ben!' ychwanegodd yn flin a phendant. Reit yng nghornel pella'r cwpwrdd o dan swp o hen fagiau plastig cuddiai rhyw fath o becyn wedi ei lapio mewn bag plastig Boots. Agorodd Trudi'r pecyn. Y tu mewn roedd pecyn *Clearblue.*

'Omaigod, be 'di hwnna?' gofynnodd Mona.

'Cit sy'n dangos os ti'n ddisgwyl babi neu beidio,' meddai Trudi yn fater-o-ffaith gan ei agor. 'Mae o'n wag,' meddai gan edrych yn y pecyn.

Daliodd Mona ei gwynt. 'O! na. Paid â deud wrtha i ei bod hi'n disgwyl babi pan gafodd 'i lladd!'

Astudiodd Trudi gynnwys y bag.

'Ma 'na risît yn fan'ma – trydydd o mis Ionawr 'leni. Na, tasa hi'n ddisgwyl mi fasa hi'n dangos erbyn hyn.'

'Ond ma'n rhaid ei bod hi wedi ama'i bod hi'n disgwyl rywbryd ta? Efo pwy oedd hi bryd hynny?' gofynnodd Mona. Allai hi ddim credu hyn. I ddechrau arni, ni fedrai gredu fod Glenys wedi defnyddio cynifer o gondoms mewn blwyddyn, heb sôn ei bod yn meddwl ei bod yn feichiog hefyd. Roedd y cyfan yn agoriad llygad iddi.

'Alun dwi'n feddwl,' meddai Trudi.

'Asy, dim ond am chydig wythnosa fuodd hi efo hwnnw, a doedd hi'm mor cîn â hynny arno fo.'

'God, ti mor naïf weithia, Mona, jest am bo chdi ddim wedi cael secs efo neb, 'di o'm yn ddeud bo pobol eraill ddim yn gneud.'

Pwdodd Mona. Roedd geiriau Trudi wedi ei brifo, hynny ynghyd â'r darganfyddiad nad oedd Glenys mor ddiniwed ag yr oedd Mona wedi ei dybio.

'Dwi jest yn bechod drosti. Ma'n siŵr ei bod hi wedi

poeni'n ofnadwy am y peth,' meddai Trudi yn amddiffynnol.

Roedd un peth ar ôl yn y cwpwrdd – dyddiadur Glenys, un mawr pum mlynedd, lledr a goriad bach yn ei gloi.

'Be wnawn ni efo hwn?' gofynnodd Trudi, ''Sa'n well i ni ei sganio fo'n sydyn rhag ofn fod 'na pethau personol yno fo?'

'Os oes 'na betha personol yno fo, ddylian ni ddim edrych arno fo,' meddai Mona. Doedd hi ddim yn awyddus i ddarganfod rhagor o gyfrinachau Glenys.

'Dwi'n gwbod hynna. Ond be os oes 'na betha fasa'n ypsetio'i rhieni hi yno fo – ti'n gwbod, petha am fechgyn a petha,' meddai Trudi'n awgrymog. 'Ella fod hi'n ddeud fod hi'n poeni fod hi'n disgwyl yno fo'n rhywle. Fasa fo'm yn neis i'w rhieni hi gweld hynny yn na f'sa?'

'Na f'sa.'

'Be 'san ni jyst yn edrych ar mis Ionawr i weld os 'di o'n ddeud rhywbeth yn fan'no am y *pregnancy kit*?

Cytunwyd ar hynny.

'Aha! Dyma ni mis Ionawr. "Dydd Llun: Diwrnod crap yn yr ysgol. Pisho'r glaw. Teimlo'n dost. Hwyr. Panic",' darllenodd Trudi.

'O shit, ma'n cyfeirio ei bod hi'n "hwyr" ac yn "panicio",' meddai Mona.

'Ia, ond tasan ni ddim yn wybod am y *pregnancy test* fasan ni ddim yn feddwl dim am y peth. Ella ma sôn ei bod hi'n hwyr yn cyrraedd yr ysgol oedd hi, dyna pam bod hi wedi cael dwrnod crap, a bo hi'n panicio rhag

56

ofn iddi gael y sac ne rwbath,' meddai Trudi gan geisio rhoi dadansoddiad amgenach.

'Dwn i'm . . . Ella wir. Be sy wedyn?'

'"Dydd Mawrth: Dal i deimlo'n crap. Prynu C.B. erbyn bore fory".'

'O na! C.B. – *Clearblue*!' meddai Mona'n ddramatig.

'Ia wel 'dan ni'n wybod hynna, ond ella ma *Clear Blackheads* fasa rhywun arall yn meddwl ydi o,' meddai Trudi. 'Fasat ti ddim yn wybod beth fasa fo oni bai bo ti wedi weld y paced 'na chwaith, yn na f'sat?'

'Na faswn, am wn i . . . Be sy'n digwydd dydd Mercher ta?'

'"Dydd Mercher: Diwrnod hyfryd o wanwyn. Panic drosodd. Teimlo'n grêt." So doedd hi ddim yn ddisgwyl ta,' meddai Trudi gan ddal i ddarllen yn sydyn dros y tudalennau eraill. 'Do's 'na'm byd yma fasa'n ypsetio'i rhieni hi dwi ddim yn feddwl.'

Bu'r ddwy yn ei ddarllen yn sydyn o fis Ionawr ymlaen hyd nes daethant at y cofnod diwethaf yn y llyfr:

"Dydd Gwener: Y penwythnos wedi cyrraedd. Diolch byth! Dishgwl mlân at y ddawns nos fory ym Meirionnydd. Bydd hi'n noson i'w chofio!"

PENNOD 4

Er ei bod yn anodd, roedd Mona a Trudi yn reit falch o fynd yn ôl i'r ysgol i weithio a cheisio cael trefn ar eu bywydau eto. Gallent ymdopi yn eitha yn yr ysgol – roedd y plant a'r gwaith yn eu cadw'n brysur, ond dod adre i'r Nyth Glyd oedd yn anodd. Roedd hi'n andros o dawel yno, ac er ei bod hi'n ganol haf erbyn hyn, roedd yna ryw wacter oer drwy'r tŷ.

Daeth nos Wener yn syndod o fuan a chan fod Densil yn dod draw ddydd Sadwrn, roedd yn rhaid glanhau'r tŷ yn drwyadl – cafodd hyd yn oed y mop pry cop ddod allan am ei ymweliad blynyddol.

'Gwell i ni ffonio Densil i wybod faint o'r gloch mae o'n cyrraedd, ia?' meddai Trudi gan fynd â'i phwrs yn ei llaw am y ciosg yr ochr arall i'r ffordd cyn i Mona gael cyfle i anghytuno.

'Iawn,' gwenodd Mona fel yr âi Trudi drwy'r drws. Gwyddai ei bod yn edrych ymlaen at weld Densil eto. Byddai Glenys wrth ei bodd yn gweld y ddau yn 'clicio'. Glenys druan. Penderfynodd y byddai'n well iddi hithau feddwl am ffonio Harri hefyd. Chwiliodd yn ei phwrs am y papur decpunt efo'i rif ffôn arno. Damia unwaith! Lle'r oedd o? Chwiliodd ym mhob twll a chornel yn ei phwrs. Taflodd gynnwys ei bag llaw ar y llawr. Doedd dim golwg o'r papur decpunt yn unlle.

'O cachu Mot!' gwaeddodd yn flin. Sut allasai hi fod mor flêr? Ni allai gredu ei bod wedi gwario'r decpunt achos roedd wedi ei roi yn ddiogel yn rhywle – yn rhy ddiogel yn amlwg.

Daeth Trudi yn ôl i'r tŷ a wyneb hir arni.

'Mona! Dwi newydd glanhau fan'na!' meddai'n flin wrth weld y llanast ar y llawr.

'Sori! Ond dw i 'di colli'r papur decpunt roddodd Harri i mi efo'i rif ffôn o arno fo. Pam bo ti mor bigog beth bynnag? Ydi Densil ddim yn dod ta be?'

'Yndi, mae o a'i dad a'i fam a Bethan a'i gŵr a'i phlant yn dod!'

Chwarddodd Mona, yna dechreuodd Trudi chwerthin hefyd.

'Blydi dynion! Do's 'na'm lwc i ni'n dwy efo nhw nagoes?' meddai Mona.

'Ti'n gwbod be? Faswn i'm yn mindio fynd allan i'r Ceffyl Gwyn am beint heno 'ma. Ma'n bryd i ni dechrau mynd allan eto, ti'm yn feddwl?'

'Wel, ma'n rhaid i ni fynd i brynu tuniau o ham o rywle i fwydo'r pum mil i ddechrau cychwyn, yndoes? Ond ma 'na olwg y diawl arna i hefyd. O, wot ddy hel, biciwn ni allan am funud i siopa'n sydyn, a chael hanner bach, ia?'

Mewn chwinciad chwannen roedd y ddwy yn y Fiesta bach melyn yn mygu mynd ar hyd y pentre am y dre oedd bum milltir i ffwrdd.

Ar ôl troli-traws-siop sydyn roedd y ddwy yn sefyll y tu allan i ddrws y Ceffyl Gwyn a'r naill yn ceisio gwthio'r llall i mewn drwy'r drws gynta.

'Cer di gynta.'

'Na, dos di.'

'Awn ni efo'n gilydd ta.'

'Ocê.'

Roedd y lle'n llawn o fwg, miwsig a lleisiau cyfarwydd. Roedd criw o ffermwyr canol oed yn eu welingtons a'u dillad gwaith yn siarad dros eu peint wrth y bar. Criw o ffermwyr ifanc yn eistedd yn y gornel yn siarad a chwerthin yn iach uwch eu creision a'u peintiau. Criw o ferched yn chwarae darts yn y gornel arall.

Gostyngodd y sŵn wrth i Mona a Trudi gerdded i mewn. Teimlodd y ddwy yn reit annifyr wrth y bar gan deimlo fod llygaid pawb arnynt. Yna cododd rhai o'r ffermwyr ifanc a dod draw i gydymdeimlo â nhw.

'Ddrwg iawn gen i glywed am Glenys druan,' meddai un gan roi ei fraich ar ysgwydd Trudi.

Llenwodd llygaid y ddwy.

'Dowch drew i eistedd efo ni.'

Ac felly y bu. Ar ôl rhai munudau o gydymdeimladau diffuant, ac ambell i ebychiad – '. . . dewedd me'n dychryn rywun yn dydi?' '. . . a hithe mor ifanc . . .' '. . . ac yn lodes mor glên . . .' – o dipyn i beth, dechreuodd pawb hel atgofion am Glenys, fel yr oedd wedi mynd ar goll mewn parti yn nhŷ rhywun a dod o hyd iddi y bore wedyn yn cysgu'n sownd yng nghanol yr hŵfer a'r trugareddau glanhau tŷ yn y cwpwrdd dan grisiau; fel yr oedd hi wedi colli'r bws adre o barti gwisg ffansi Gŵyl Ddewi ac wedi gorfod cerdded pum milltir adre o'r dre wedi gwisgo fel cenhinen Bedr . . .

Chwerthin mawr a ddeuai o'r gornel mewn fawr o dro wrth i bawb gofio'r Glenys a fu mor fywiog a llawn direidi.

Aeth Mona a Trudi adre'n teimlo'n llawer gwell y

noson honno, gan deimlo'n ddiolchgar iawn eu bod yn byw mewn cymuned mor glòs a Chymreig.

Roedd nodyn ar y mat wrth iddyn nhw agor drws y Nyth Glyd.

'Wedi galw, neb adra. Ffonia fi plîs, Harri.'

'O shit! Dim blydi rhif ffôn,' meddai Mona yn siomedig gan edrych ar y nodyn o bob ongl.

'Falla neith o galw eto, sti,' meddai Trudi, 'mae o'n reit cîn, yndydi.'

'Ella wir,' meddai Mona. 'Lle ddiawl rois i'r blydi papur decpunt 'na. Grrrrr.' Roedd Mona'n flin iawn efo'i hun am fod mor flêr, ond teimlai'n gynnes i gyd o feddwl fod Harri wedi bod draw.

* * *

Roedd plataid o frechdanau ham, cig eidion, samon ac wyau ynghyd â tharten afal, cacennau bach a threiffl ar y bwrdd yn barod i groesawu'r gwesteion arbennig.

Bu Trudi'n tynnu llwch, yn hŵfro ac yn twtio drwy'r bore.

'Asy, rho'r gora iddi, wir ddyn,' meddai Mona wrth i Trudi ffustio'r clustogau ar y soffa am y chweched gwaith. 'Ti'n codi llwch wrth neud hynna. Iesu, 'sa ti'n meddwl bod y cwîn 'i hun yn dod yma.'

Ar y gair, clywyd cnocio ar y drws.

'Ma nhw yma!' rhedodd Trudi i'r drws i'w croesawu.

'Dewch i mewn. 'Aru chi ffindio'r lle'n iawn ta, do?'

'Do diolch,' meddai Bethan gan gario bag plastig. ''Wi 'di dod â chwpwl o gacs 'da fi, a thun o ham. Smo chi byth yn gwbod pryd ddeiff e'n handi, nag 'ych chi.'

Aeth Mona â'r bag i'r gegin gan wenu.

'Ma lle bach pert i gal 'da chi,' meddai mam Glenys gan edrych o gwmpas y lle.

'Ydi pawb 'di cyrradd?' gofynnodd Trudi'n ddryslyd.

'O odyn, bach. Diseidodd Gareth wath 'ddo fe aros gatre – odd ishe cliro'r shed mas arno fe, a wedi 'ny wedodd Densil falle alwe fe nes mlân ar y ffordd i ryw sioe moto-beics sha'r north 'ma'n rhywle. On ni'n gallu ffito mewn un car wedyn, chi 'wel,' eglurodd tad Glenys.

'Dach chi'n eisiau "dishgled", 'ten?' meddai Trudi.

'Jiw, jiw, chi'n dechre troi'n hwnten, achan. Cwpwl o ddwrnode lawr sha'r de a chi'n dechre dyall shwt i siarad Cwmrâg yn iawn-w,' meddai tad Glenys.

'Oi!' protestiodd Mona.

Roedd hi'n braf gweld fod y clwyfau'n dechrau gwella. Roedd tad Glenys yn dipyn o gês yn ddistaw bach.

Cafwyd sawl 'dishgled', brechdan a chacen a chafodd y bechgyn fynd allan i chwarae yn yr ardd gefn gyda'r teganau newydd yr oedd Bethan wedi'u prynu iddynt ar y ffordd. Yna aethpwyd â'r teulu i lofft Glenys i nôl ei dillad a'i thrugareddau.

'O, ma' gwynt Glenys ar y dillad hyn,' meddai ei mam wrth blannu ei thrwyn yn y dillad.

'Oes, yn does? 'Aru ni ddim golchi'i dillad hi i gyd achos oddan ni'n feddwl y basach chi isio nhw fel oeddan nhw,' eglurodd Trudi.

'Ffiw, ma gwynt trâd Glen ar y shŵs hyn 'fyd,' meddai ei thad. 'Hen drâd bach digon drewllyd fuo 'da hi 'riod,' gwnaeth ei orau i wenu, ond trodd y wên yn gam a chrynedig.

'Awn ni i weld 'di'r hogia'n iawn,' meddai Mona.

Hanner awr yn ddiweddarach, roedd Mona wedi llwyr ymlâdd ar ôl bod yn chwarae pêl-droed yn yr ardd. Doedd Trudi heb dorri chwys.

'Rhaid i ti dechra dod i rhedag efo fi, Mona. Ond dwi'n teimlo'n *unfit* iawn rŵan hefyd – dwi'm 'di bod i redag ers wythnosa. Wnawn ni dechra wythnos nesa, iawn Mona?'

'Pardyn?' ceisiodd Mona esgus nad oedd wedi'i chlywed.

'Reit, 'yn ni wedi llwytho nawr,' meddai Bethan o'r drws cefn gan dorri ar y sgwrs, 'Well i ni fynd sha thre, sbo.'

'Ond Mami, so' ni moyn mynd gatre nawr,' protestiodd Huw.

'Na, ni moyn ware pêl-drôd 'da Trud a Mons,' meddai Tomos.

'O! Trud a Mons 'yn nhw nawr, ife?' meddai Bethan yn smala.

Perswadiwyd pawb i aros tan ar ôl te.

'Lle oedd Densil yn fynd heddiw 'te?' mentrodd Trudi holi o'r diwedd.

'O, rhyw sioe moto-beics yn Bala neu rywle,' meddai Bethan yn ddifater.

'Oedd o'n feddwl galw yma, 'te?' ceisiodd Trudi swnio mor ddifater â phosib, ond roedd ar dân eisiau gwybod lle ddiawl yr oedd o.

'Falle, wedodd e, ondife, Mami,' meddai Bethan.

'Ie, odd e 'mbach yn niwlog am y peth,' atebodd ei mam. 'Falle fory alwith e, achos odd e'n aros lan yn Bala 'da criw o'r bechgyn moto-beics hyn heno, wedodd e.'

'O,' meddai Trudi'n dawel. Basdad-uffarn-diawl! meddyliodd.

Ar ôl iddyn nhw adael, teimlai'r tŷ yn dawel a gwag unwaith eto. Er i'r teulu gael gwahoddiad gwresog a didwyll iawn i alw draw eto unrhyw bryd, gwyddai Mona a Trudi yn eu calonnau na fyddent yn galw yno eto.

Roedd Trudi'n flin iawn wrth olchi'r llestri a chlirio eto fyth ar ôl iddyn nhw fynd.

'Blydi dynion!' meddai drachefn wrth ffustio'r clustogau unwaith eto.

'Wel, ti'm yn gwbod. Ella galwith o. A deud y gwir, dwi'n siŵr y galwith o,' meddai Mona gan edrych allan drwy'r ffenest.

'Hy! Ma "ella" i ddyn yn feddwl "na",' meddai Trudi.

Agorodd Mona'r drws allan yn ddistaw bach.

'Bastad-uffarn-diawl!' gwaeddodd Trudi wrth roi ffluch i glustog ar y gadair freichiau.

'Smo fi 'di galw ar adeg anghyfleus, gobitho,' meddai llais o'r drws.

Yno y safai Densil yn gwisgo gwên ddireidus a thusw mawr o rosod cochion yn ei law.

Pefriodd llygaid Trudi. 'Naddo siŵr iawn. Dynwared Mona on i.'

'Sgiws mi!' protestiodd Mona. 'Tydw i byth yn rhegi, diolch yn fawr,' meddai'n angylaidd.

'Tyrd i fewn.'

"Co chi – cwpwl o rosod i chi'ch dwy – rhywbeth i godi'ch c'lonne chi.'

'O diolch. Dwi'm 'di cael rhosod ers blynydda. Ti'n eisiau paned?'

'O, ie plîs. Ma ngheg i fel cesel camel.'

'A' i i neud o rŵan. Ti isio siwgwr a llefrith?' meddai Mona.

'Dou siwgir a llâth, plîs.'

Wrth estyn y bowlen siwgwr gwelodd Mona ddarn o bapur wedi ei osod yn ofalus otani.

'Wel i myn llyffant i!' Yno, wedi ei blygu'n ofalus, oedd y papur decpunt efo rhif ffôn Harri arno. 'Hale-blydi-liwlia!'

'On i'n meddwl nagot ti'n rhegi,' gwaeddodd Densil o'r lolfa.

'Dwi 'di ffindio'n necpunt!' meddai Mona'n fuddugoliaethus wrth fynd â'u paneidiau drwodd. 'Dwi jest yn picio allan i ffonio, cyn i mi ei golli o eto. S'gen ti'm deg ceinioga ga i fenthyg, Trud?' meddai gan edrych yn anobeithiol yn ei phwrs am arian mân.

Wedi'i harfogi â deng darn deg ceiniog, aeth Mona'n ysgafn droed i'r ciosg.

'Dybl-tw-thrî, helô,' meddai llais swta benywaidd o'r pen arall.

'O ym, helô. Ydi'n bosib siarad efo Harri os gwelwch yn dda?'

'Pwy dduda i sy'n siarad?' meddai'r ddynes yn swta eto.

'Mona.'

'Harri. Ffôn. Rhyw lodes o'r enw Mona i chdi.'

'Helô?'

'Haia, Mona sy 'ma,'

'Ffor wyt ti? On i'n meddwl mod i 'di pechu.'

'Sori, on i 'di colli dy ddecpunt di, ond dwi newydd 'i ffindio fo rŵan. Nest ti alw neithiwr, do?'

'Do, oeddet ti'n gialifantio'n rywle eto. Dwi'n gwbod ffor ti 'di cel dy BA – Byth Adre.'

'Gwreiddiol iawn!' meddai Mona'n wawdlyd. 'Dwi adre heno.'

'O.' Distawrwydd.

'Peth crwn 'di "O".'

'Wel, dydw i ddim adre heno, me gen i ofn,' meddai Harri'n betrusgar.

'O.'

'Peth crwn 'di "O".'

Chwarddodd Mona'n nerfus; doedd y sgwrs yma ddim yn mynd yn dda iawn. 'O, iawn, 'lly, wela i di o gwmpas, ia?'

'Fydda i yna mewn tua awr.'

'On i'n meddwl nad oeddat ti adre heno 'ma?'

'Wel nedw, debyg, achos dwi'n dod drew yna'n dydw, cyn i ti ddianc eto!'

'Grrrr. Dwi'n mynd i gael trafferth efo chdi'n dydw,' meddai Mona gan geisio cuddio'r rhyddhad oedd yn ei llais.

'Mmm, wyt gobeithio,' meddai'n awgrymog. 'Wela i di mewn tua awr, 'te.'

'Ocê. Hwyl.'

'Ies, ies, ies,' gwaeddodd Mona yn y ciosg, a'i heglu hi'n ôl i'r tŷ i ymbincio.

'Wyt ti'n eisiau ddod allan am swper bach efo ni?' gofynnodd Trudi wrth i Mona ddod i'r tŷ.

'Na, dim diolch. Ma gin i ddêt.' Gwenodd fel giât.

'Harri?'

'Ia, mae o'n dod yma mewn awr. Ond cerwch chi allan 'run fath ynde. W, sori os dwi'n rŵd, Densil – yn mynd allan y munud ti'n cyrraedd. 'Di o'm byd personol, wir!'

'Paid â becso, bach. 'Wi'n siŵr 'drychith Trudi ar f'ôl i ,' meddai gan roi winc hynod o secsi ar Trudi.

'Reit, dwi'n mynd i gael bàth a newid, ta,' meddai Mona wrth redeg i fyny'r grisiau.

*   *   *

''Dan ni'n fynd i'r Llew Coch rŵan os ti'n eisiau ddod yna nes ymlaen,' gwaeddodd Trudi yng ngwaelod y grisiau.

'Iawn, ga i weld. Ella y gwela i chi yna wedyn,' gwaeddodd Mona wrth frwsio *mascara* ar flew hirion ei hamrannau. Taenodd finlliw pinc golau yn ofalus dros ei gwefusau llawnion, a chwistrellaid reit dda o *Eternity* y tu ôl i'w chlustiau, ar ei gwddf ac i lawr ei bronnau.

Yn sydyn clywyd tair cnoc gadarn ar y drws. Rhedodd Mona i lawr y grisiau i agor y drws. Harri oedd yno yn ei holl ogoniant.

'Haia. Ty'd i mewn.'

'Ti adre o'r diwedd 'te,' meddai Harri trwy ei wên ddireidus.

'Ia, wel, 'di'm 'di bod yn gyfnod hawdd iawn yma,' meddai Mona, gan deimlo'n euog mwya sydyn. Dyma lle'r oedd hi'n dechrau mwynhau ei bywyd unwaith eto a bywyd Glenys druan wedi darfod.

'Nedi, debyg. Sut wyt ti erbyn hyn, bech?'

'O, iawn, am wn i.'

'Tyrd yma,' meddai Harri wrthi'n dyner, a'i thynnu tuag ato. Ni wyddai Mona beth ddaeth drosti, ond roedd gweld Harri eto, a'i gael yn gafael yn dynn a chadarn ynddi, wedi dod â'r cyfan yn ôl iddi, a dechreuodd feichio crio ar ei ysgwydd nes roedd ei *mascara*'n rhedeg i lawr ei gruddiau ac yn ddafnau duon ar ei chrys.

Cofleidiodd Harri hi'n dynn gan anwesu ei gwallt, a'i gusanu am yn ail.

'Sori,' meddai Mona drwy ei dagrau ymhen ychydig, 'Dwn i'm beth ddaeth drosta i. Dwi dal ddim yn coelio'r peth. Dwi dal i ddisgwyl i Glenys ddod i mewn drwy'r drws 'na. Dwi'n meddwl mod i'n ei gweld hi yn yr ysgol o hyd, neu ar y stryd. Dwi jest yn ei gweld hi ym mhobman, nes dwi'n cofio'n sydyn nad ydi hynny'n bosib.'

'Shhh. Ddew pethe'n well, sti. Mi 'drycha i ar dy ôl di, bech,' meddai Harri gan ei gwasgu yn ei fynwes. Teimlai Mona mor ddiogel yn ei freichiau.

Bu'r ddau yn eistedd ar y soffa yn siarad, cofleidio a chusanu'n dyner drwy'r min nos.

'Beth am i ni fynd i orwedd i rywle mwy cyfforddus?' awgrymodd Harri.

'Na, ddim heno. Fasa fo ddim yn iawn,' meddai Mona'n gadarn.

'O, tyrd o 'na,' sibrydodd Harri a'i anadl yn boeth yn ei chlust gan gusanu ei gwddf.

'Na, Harri. Ddim heno. Sori.'

'O, tyrd, dwi'n gwbod bo ti isio, jest bo ti ddim am gyfadde,' meddai gan wthio'i law i lawr ei jîns.

'Na!' Cododd Mona. 'Sori. Dydi o jest ddim yn teimlo'n iawn. Os na elli di barchu hynny – yna mi fasa'n well i ti fynd.'

'Sori. Ti'n iawn, dydi o ddim yn teimlo'n iawn. Well i mi fynd,' a chododd a cherdded tua'r drws. 'Alwa i rywbryd eto, ie?'

'Ella.' Doedd Mona ddim eisiau i Harri fynd, a dechreuodd ei llygaid lenwi eto wrth iddo gau'r drws yn glep ar ei ôl.

Aeth i'w gwely a beichio crio eto. Be ddiawl oedd yn bod ar ddynion? Pam na fedren nhw barchu merched am yr hyn ydyn nhw, yn hytrach na'u defnyddio nhw fel teganau serch? A oedd Mona mor uffernol o hen-ffasiwn? Ai dyna pam nad oedd neb am fynd efo hi fwy nag unwaith? A ddylai hi lacio ei gafael ar ei hegwyddorion? A ddylai hi roi ei chariad yn fwy rhydd er mwyn cadw Harri? A be fasa'n digwydd wedyn – fasa fo'n dal eisiau ei gweld hi? A tasa fo am ei gweld hi, a fasa hynny achos ei fod eisiau rhyw efo hi yn hytrach na'i chwmni hi? A beth petai hi yn ei siomi – ac yntau'n gorffen efo hi – mi fasai hi wedi aberthu ei hegwyddorion i ddim byd.

Damia unwaith. Na, os oedd o wirioneddol yn ei charu byddai'n rhaid iddo aros nes ei bod hi'n hollol barod – roedd hi am ddal ei thir!

*   *   *

Fore trannoeth, teimlai Mona'n ddigalon iawn. Roedd popeth yn mynd o chwith, ac rŵan roedd arni hiraeth uffernol am Glenys. Hiraethai am ei 'chwtsh' ar fore Sadwrn wrth yfed eu paneidiau yn y gwely, a'r sgyrsiau difyr am anturiaethau'r noson cynt.

Yn sydyn clywodd Trudi'n griddfan – pen mawr ers neithiwr, tybiai Mona – ac aeth i lawr i wneud paned iddi hi am newid. Duwcs, roedd menig lledr Densil ar fwrdd y gegin, mae'n rhaid ei fod wedi eu hanghofio, meddyliodd Mona, a rhoddodd nhw ar yr hambwrdd efo'r tost a'r coffi. Wrth gerdded i fyny'r grisiau clywodd Trudi'n griddfan yn waeth ac yn gweiddi yn ei chwsg, 'Omaigod, omaigod, O Mai God!!' Tybiodd ei bod yn cael hunllef a rhedodd i fyny'r grisiau i'w chysuro. Agorodd ddrws y llofft ar wib a'r hambwrdd yn ei llaw.

'Trudi, ti'n iawn?' gofynnodd, yna sylweddolodd fod Trudi yn iawn – roedd hi'n hollol iawn, yn hapus iawn, iawn! 'Shit! Sori!' meddai Mona wrth weld Trudi yn 'eistedd' yn noeth ar ben Densil. 'Brecwast,' meddai gan adael yr hambwrdd ar y llawr, rhoi clep i'r drws a rhedeg i lawr y grisiau eto.

Roedd Mona wedi'i chynhyrfu'n lân. Ni fedrai gredu yr hyn a welodd. A oedd hi wedi dychmygu'r cyfan? A fyddai Trudi'n cysgu efo rhywun mor fuan, hynny yw, ar eu noson gyntaf? Ai dyma'r arferiad y dyddiau hyn? A oedd yna rywbeth mawr yn bod ar Mona, neu ai pawb arall oedd yn anfoesol? Ella nad oedd Mona eisiau cysgu efo dynion am reswm arall – ella nad dyn roedd hi ei angen. Onid oedd hi'n hiraethu am 'gwtsh' Glenys. Blydi Nora! Doedd hi rioed yn lesbiad!?

Agorodd dun o gwrw, cymerodd lowciad, yna'i daflu i'r bin. Roedd ei dwylo'n crynu. Penderfynodd newid yn sydyn a mynd i gael brecwast i gaffi yn y dre. Doedd hi ddim am wynebu Trudi na Densil y bore hwnnw!

*   *   *

Bachodd gylchgrawn cachu-rwtsh o'r siop bapurau heb gymryd fawr o sylw beth oedd ei gynnwys. Roedd hi angen rhywbeth i esgus ei ddarllen ac i weithredu fel wal rhyngddi hi a chwsmeriaid eraill. Archebodd baned o goffi cryf a chlamp o far o siocled. Trawodd y cylchgrawn ar y bwrdd o'i blaen ac edrych ar y clawr. *How to get an orgasm in three easy steps!, Three ways of seducing your man, How to get the perfect cleavage.* Be ddiawl roedd hi wedi'i brynu! Dim ond cylchgrawn cyffredin i ferched oedd o. Pam fod popeth yn troi o gwmpas rhyw? Bodiodd drwy'r cylchgrawn yn sydyn. Roedd ei gynnwys mor ddi-sylwedd â'r clawr.

Bu'n pensynnu dros ei phaned gan edrych ar y byd yn mynd heibio drwy ffenest enfawr y caffi. Wrthi'n synfyfyrio roedd Mona pan welodd Harri yn cerdded allan o siop flodau gyfagos efo tusw o flodau yn ei law. Cuddiodd Mona tu ôl i'w chylchgrawn gan sbecian dros ei ymyl i weld i ble'r âi Harri. Croesodd y ffordd at landrofer. Neidiodd merch ifanc wallt golau byr allan o'r cerbyd a rhoddodd Harri'r tusw o flodau iddi. Gwenodd y ddau yn gynnes ar ei gilydd cyn mynd i mewn i'r cerbyd a gyrru i ffwrdd.

Roedd y diwrnod yn mynd o ddrwg i waeth.

Suddodd calon Mona. Pwy uffarn oedd honna? Be ddiawl roedd hi'n ei wneud yn gyrru landrofer Harri? Ond yn bwysicach fyth, be ddiawl oedd Harri'n ei wneud yn rhoi blydi blodau i'r sguthan fach!

Darganfu Mona rywbeth pendant amdani'i hun yn y caffi y bore hwnnw – doedd hi ddim yn lesbiad!

*   *   *

Roedd Densil wedi gadael erbyn i Mona ddychwelyd i'r Nyth Glyd yn hwyr iawn yn y prynhawn. Bu'n siopa dillad yn Amwythig i godi ei chalon. Prin y gallai fod yn sifil â Trudi pan welodd hi. Er i Trudi geisio ymddiheuro sawl gwaith, doedd Mona ddim eisiau trafod digwyddiad y bore efo hi. Cafodd Trudi ddigon ar Mona'n pwdu ac fe drodd arni ar ôl sbel, gan fynnu fod y Nyth Glyd yn gartref iddi hithau hefyd, a bod ganddi hawl gwneud fel y mynnai.

'Nyth Glyd, mai âs,' bytheiriodd Mona. ''Sa'n well 'sa ti'n cadw dy blydi nyth i chdi dy hun yn lle'i rhannu hi efo'r boi cynta sy'n galw heibio!'

'Sgena i ddim help bo ti mor blydi hen ffasiwn!' gwaeddodd Trudi yn ôl. 'At lîst dwi'n wybod be 'di secs – a blydi gwd secs oedd o hefyd!'

'Dwi'm isio gwbod!'

'At lîst dwi'n wybod be 'di cariad . . .'

'Ia? A drycha be nest ti. 'Sa ti'm mor blydi temprys fasa Jeff dal yn fyw heddiw!'

SLAP!

Trawodd Trudi Mona ar draws ei hwyneb a rhedodd i fyny'r grisiau yn beichio crio.

'O shit!' doedd Mona ddim wedi bwriadu crybwyll Jeff o gwbl. Gwyddai ei bod wedi bod yn hollol annheg â Trudi, ond asy, roedd hi'n blydi blin efo pawb a phopeth. Roedd straen yr wythnosau diwethaf wedi cyrraedd penllanw a daeth yn amser i'r ddwy gael y cyfan allan o'u system.

Aeth Mona â phaned, tost a bocs o hancesi i fyny i lofft Trudi.

'Sori,' meddai'n dawel heibio'r drws, 'allwn ni ddechrau heddiw eto?'

Bu'r ddwy'n crio ac yn ymddiheuro i'w gilydd ar wely Trudi nes iddi ddechrau nosi.

Yn sydyn, daeth cnoc ar y drws.

'Pwy uffarn sydd 'na adeg yma o'r nos?' Rhedodd Mona i lawr y grisiau. Cyfarchwyd hi â thusw o flodau, ac yn cuddio y tu ôl iddynt roedd Harri.

'Sori am neithiwr,' meddai a hanner gwên ar ei wyneb.

'Iawn,' meddai Mona'n dawel a di-wên.

'Ge i ddod i mewn?'

'Na, ddim heno. Dwi 'di cael diwrnod uffernol a dwi isio mynd i 'ngwely.'

'Ge i ddod efo ti,' gofynnodd yn awgrymog.

'Ti'n gwbod yr ateb i hynna.'

'Ged i mi gesio rŵan. Ym . . . ti'm yn barod?'

'Cywir.'

'Wel, mi a' i adre 'te.'

'Ia, iawn.'

'O, well i ti roi'r blode 'ma mewn dŵr – me nhw wedi bod yn y landrofer drwy'r dydd.'

'Diolch. Doedd dim angen.'

'Negoedd, dwi'n gwbod. Ond dwi'n ŵr bonheddig – cofio?'

'Hy!'

'Oi! Faint o ddynion sy'n dod â blode i ti 'te?'

'Ti 'di'r cynta – heddiw!' mentrodd Mona wenu.

'Alwa i eto, pan fydd yr hwylie'n well, ie?'

'Ocê.'

'Nos fory?'

'Iawn. Ella bydd y bloda 'ma wedi marw erbyn hynny.'

'Wyt ti'n hintian am flode eto nos fory?'

'Dwi'n mynd i gostio'n ddrud i ti.'

'Mmmmm. Dwi'n siŵr fydd o werth o – yn y diwedd!'

'Wela i di nos fory, Harri,' meddai Mona a rhoi cusan ysgafn ar ei foch, cyn cau'r drws arno. Gwenodd.

PENNOD 5

Hwrê! Diwrnod ola'r tymor wedi cyrraedd o'r diwedd a phawb yn edrych ymlaen am y gwyliau haf hir a oedd o'u blaenau. Bu'n dymor hir a chythryblus i Mona a Trudi, ac roedd hi'n hwyr glas ganddyn nhw weld ei gefn. Roedd Trudi am fynd adre at ei theulu yn Nolgellau am ychydig ac roedd Mona am fynd adre at ei mam i Sir Fôn. Ond cyn hynny roedd y ddwy'n mynd am eu gwyliau cyntaf i'r 'Royal Welsh'.

Gwelai Trudi Densil bob penwythnos erbyn hyn, a byddai Harri'n dal i alw i'r Nyth Glyd yn rheolaidd. Trefnodd Trudi a Densil eu bod yn aros mewn carafán ar fferm gyfagos i faes y Sioe. Harri oedd yng ngofal trefniadau gwyliau Mona.

'Be ti'n feddwl – trelar?' gofynnodd Mona'n snobyddlyd pan glywodd am drefniadau'r llety.

'Diawch, mi fydd o fel hotel pan fydda i 'di lanhau o'n ddeche.'

'Ei lanhau o?'

'Jest chydig o giachu gwartheg . . .'

'Let mî ecsplên! Os ti'n meddwl mod i'n mynd i aros mewn trelar gwartheg drewllyd, mi gei di feddwl eto, Harri Fôn!'

'Duwedd, 'di'r sioe ddim yn sioe os ned wyt ti'n aros mewn trelar, lodes!' chwarddodd Harri ar snobyddrwydd Mona. 'Gei di ddod drew i roi help llew i lanhau'r trelar, wel'di.'

O wel, o leia fe gâi hi esgus i fynd i weld ei gartref. Efallai y câi wybod pwy oedd y ferch benfelen oedd yn gyrru ei landrofer rai wythnosau ynghynt. Fe geisiodd Mona ei holi ynglŷn â hi, ond ni chafodd eglurhad boddhaol – doedd 'hen ffrind' ddim yn taro deuddeg rywsut.

Dydd Sul cyn y sioe, cafodd Mona gyfarwyddiadau i gyrraedd Cae Mawr ar ôl cinio. Dyma'r tro cyntaf erioed iddi fod yn canlyn o ddifri, heb sôn am gwrdd â rhieni rhywun. Teimlai'n nerfus uffernol. Beth pe bai ei rieni yn ei chasáu?

Roedd Harri wrthi'n glanhau'r trelar ffwl-spîd ar y buarth i geisio cael rhyw fath o drefn arno cyn i Mona ei weld.

'Pŵ,' oedd ymateb Mona, 'mae o'n drewi'n uffernol!'

'Duwedd, be 'sa chdi 'di weld o awr yn ôl? Mei o'n nefoedd i be oedd o.'

'Ti'm o ddifri, wyt ti Harri? Ti'm yn disgwyl i mi gysgu yn hwn go-iawn?'

'Wel, ella, os fyddi di'n lodes dde gei di gysgu yng nghefn y landrofer. Dim ond ciachu ci sy'n fan'no.'

'Harri!'

Bu Mona'n ceisio helpu i lanhau rhywfaint ar y trelar heb faeddu ei dwylo'n ormodol. Wedi iddynt orchuddio'r llawr â gwellt glân a rhoi dau wely gwynt ar y llawr fe edrychai'n reit gysurus, ond doedd Mona ddim am gyfaddef hynny, wrth gwrs.

'Be ddigwyddith os bydd hi'n bwrw?' gofynnodd Mona yn llawn gofid.

'Elli di gau'r tylla bech 'ma ar yr ochre – mi gedwith hynny'r glew allan. Welith neb, ne chlywith neb mohonan ni wedyn. Ond dwi'm yn gaddo ne fyddi di'n 'lyb chwaith!' meddai Harri'n awgrymog, nid fod Mona wedi deall na gwerthfawrogi'r awgrym!

'Te, bech?'

'W, ia plîs. Mi fasa panad yn reit dderbyniol. Oes 'na rywun adra?'

'Oes, me Mam yn y tŷ. Pam? Oeddet ti 'di meddwl 'yn llusgo i i fyny i'r llofft ac ymosod arna i?' meddai Harri gan ei thynnu ato ac esgus ei chusanu'n wyllt.

'Harri!' meddai Mona'n chwareus, 'wnei di ddim rhoi'r gorau iddi, na nei?'

'Te'n barod!' clywyd llais ei fam yn galw o ben arall y buarth.

'Dydi Mam ddim mor wael â'i chyfarthiad, cofia,' eglurodd Harri.

'Be ti'n feddwl?'

'Mi ffendi di allan yn ddigon buan!'

Roedd oglau cacennau cri yn llenwi'r gegin wrth i Mona gerdded i mewn i'r tŷ.

'Mam – Mona. Mona – Mam,' cyflwynodd Harri'r ddwy i'w gilydd yn ddiseremoni.

Edrychodd ei fam ar Mona o'i chorun i'w sawdl a cheisiodd wenu am hanner eiliad.

'Steddwch. Me'r te'n oeri.'

'Diolch.'

Parhâi'r fam i astudio Mona.

'Dw inne'n cael trafferth i ddod i arfer efo'i chyrnie hi hefyd,' meddai Harri.

'Be ti'n feddwl?

'Chi sy'n edrych arni fel tase cyrn yn tyfu o'i phen hi.'

'Edrych ar 'i thrwyn hir hi on i.'

'Mam,' hisiodd Harri ar ei fam. Pam na allai hi fod yn gwrtais am un pnawn?

Blydi nora! Am bowld! meddyliodd Mona. O leia doedd 'na'm byd yn tyfu ar ei thrwyn hi, cysurodd Mona ei hun, wrth weld y ddafad oedd ar drwyn y fam. Sut allai rhywun fod mor ddigywilydd! Roedd y dorth yma'n mynd i fod yn uffernol i geisio gyrru mlaen â hi.

Diolch i'r nefoedd, daeth tad Harri i'r tŷ cyn i bethau fynd yn flêr. Sôn am wrthgyferbyniad rhwng gŵr a gwraig. Roedd o bron â dawnsio wrth geisio croesawu Mona.

'Wel, Mona, ffor dech chi, bech? Lle ti 'di bod yn cuddio'r lodes fech glên yma, Harri?'

'Dwi'n dda iawn, diolch, Mr Fôn. Sut dach chi?'

'Dwi'n ddi-fai diolch yn fawr. Dafydd 'di'r enw, Dei i'm ffrindie, felly galwch fi'n Dei. Dech chi 'di cwrdd â Sylvia'n barod do?'

'Do, diolch.' Mi fyddai *Saliva* yn well enw ar yr hen wrach meddyliodd Mona.

Holodd Dei Mona'n dwll, o ble y deuai, a oedd hi'n nabod hwn a'r llall o Sir Fôn, 'Na, mae Sir Fôn yn lle mawr,' oedd ateb arferol Mona – pam fod pawb yn disgwyl i chi adnabod pob enaid byw yn Sir Fôn? Fasa pobl ddim yn disgwyl i bawb ym Mhowys nabod ei gilydd yn na f'san, meddyliodd Mona.

Dyn bychan, eiddil, oedd Dei, yn byw ar ei nerfau ac yn hanner dawnsio trwy'r adeg. Ni allai gerdded i unman, roedd yn rhaid iddo redeg ar hyd y buarth, neu'r 'ffalt' fel y galwen nhw'r buarth yno. Roedd fel petai yn ceisio bod yn or-hapus a gor-gyfeillgar er mwyn gwneud iawn am ymateb digroeso ei wraig. Roedd ganddo gyfoeth o straeon llafar gwlad a dechreuodd adrodd stori'r blaenor yn y capel er mwyn cynnal sgwrs.

Roedd hon yn stori wir a adroddwyd iddo gan ei dad yntau a oedd yn cofio'r digwyddiad. Eisteddai Dei ar flaen ei gadair wrth adrodd am aelod trwm ei glyw yn y capel a oedd wedi colli caseg. Gofynnodd yr hen frawd i'r blaenor a gâi o gyhoeddi hynny yn ystod y cyhoeddiadau. Gan na allai glywed fawr ddim, byddai'r blaenor yn rhoi arwydd iddo trwy rwbio ei ddwylo yn ei gilydd gan gyhoeddi fod Jonny Jones wedi colli'i gaseg – dyna pryd y câi Jonny Jones godi ar ei draed i'w disgrifio.

'Wel, beth bynnag, fe anghofiodd y blaenor bopeth am y gaseg golledig, a phan oedd yn diolch i'r bregethwres wadd y noson honno – os me dyne 'di'r term reit am ddynes sy'n pregethu ynde – fe rwbiodd ei ddwylo'n ei gilydd a dyma Jonny Jones yn sefyll ar ei draed a deud, "Me ganddi goese cry, blew gwyn dan ei bol ond mae braidd yn wyllt pan ewch chi ar ei chefn hi!" '

Dipyn o dderyn oedd hwn, meddyliodd Mona, ac er fod Harri wedi clywed y stori droeon, fe chwarddodd eto. Ni chafwyd gwên na sgwrs gan Sylvia, dim ond twt-twtian a thendio mymryn ar bawb efo te a chacennau. Roedd rhywbeth wedi'i suro yn amlwg ac roedd rhyw dristwch dwfn yn ei llygaid brown tywyll. Roedd hi'n glamp o ddynes dal, ac yn reit smart o'i hoed. Tasa hi'n gwenu, mi fasa'n edrych yn ddigon del. Tybiai Mona fod blynyddoedd wedi mynd heibio ers iddi wenu ddiwethaf, yn ôl y rhychau dyfnion oedd ar ei thalcen.

'Diolch yn fawr iawn i chi am y te, Sylv . . .'

'Mrs Fôn!' cywirodd Sylvia hi'n awdurdodol.

'Gewch chitha 'ngalw i'n Ms Jones ta,' atebodd Mona hi â gwên ffals ar ei hwyneb. Doedd hi ddim yn mynd i ddechra cymryd unrhyw nonsens gan y gloman yma – jest rhag ofn y byddai'r ddwy yn gorfod byw'n reit agos i'w gilydd rhyw ddiwrnod, yntê! Ha!

'Pam na faset ti'n fy rhybuddio i am "Cruella"!' gofynnodd Mona i Harri y munud y cawsant gyfle i fod ar eu pennau eu hunain yn y landrofer ar y ffordd i'r sioe.

'Mi ddoi di i'w deall hi un o'r dyddie 'ma,' meddai Harri.

'Blydi wiyrdôs!'

*   *   *

Ar ôl parcio'r trelar yn y cae y tu ôl i'r Stockmans yn y Royal Welsh teimlai Mona'n llawn cyffro wrth gerdded i'r cae sioe.

'Shw mae, Gog,' meddai Densil wrth Mona dros ei beint yn y Stockmans.

'Duw, do'n i'm yn dy nabod di efo dy ddillad ymlaen,' meddai Mona'n gellweirus.

Doedd o ddim yn mynd i gael anghofio'r bore hwnnw yn y Nyth Glyd yn fuan iawn.

'Ti'n eisiau peint, Harri? Dwi'n fynd i'r bar rŵan,' gofynnodd Trudi.

'Ie, plîs. Peint o lager.'

'Ddo i efo chdi, Trud,' meddai Mona gan wthio trwy'r dyrfa at y bar.

'Sut ma'ch carafán chi'n edrych?' gofynnodd Mona.

'O, iawn, sti. Braidd yn hen ffasiwn a crapi, a ddeud y gwir.'

'Ma'n well na blydi trelar, dydi?'

'Be? Ti'm yn aros mewn trelar?'

'Yndw. Felly ma'n rhaid i mi fod yn chwil gachu gaib heno 'ma neu chysga i'r un winc.'

'Ti'n feddwl gei di llonydd i gysgu, wyt ti?'

'Wel, mi wneith ei ora i 'nghadw i'n effro, ma'n siŵr.'

'Gwatshia di dy hun, Mona – ella byddi di'n fam mewn naw mis, ha, ha!'

'Paid â malu cachu. Ti'n gwbod bo fi ddim yn gneud petha fel'na.'

'Hei yp, *tonight's the night* ella,' pwniodd Trudi Mona'n awgrymog.

'O, rho'r gora iddi a tyrd â dybl fodca i mi plîs!'

Pan gyrhaeddodd y ddwy yn ôl o'r bar gallent weld John yn siarad efo Harri. Doedd Mona ddim yn siŵr iawn ai siarad ynteu dadlau yr oeddent.

'O na, dwi ddim yn eisiau weld hwnna!' meddai Trudi.

'Na finna chwaith,' meddai Mona.

Gwelodd y ddau y ddwy yn nesáu tuag atynt ac amneidiodd Harri ar i John fynd o'r golwg ond nid cyn i'r ddwy glywed Harri'n dweud yn reit fygythiol wrth John, 'Paid ti â meiddio, y basdad!'

Chwarddodd John yn wawdlyd cyn mynd yn ôl at ei ffrindiau.

'Paid â meiddio be?' gofynnodd Mona.

'Dim byd. Jest cadwa o'i ffordd o.'

'Pam?'

'Ti'm isie gwbod. Jest paid â chymryd sylw o'no.'

Daeth Mona i'r casgliad fod yna rywbeth yn anghynnes iawn o gwmpas y John 'na.

Beth bynnag, anghofiwyd am John yn fuan iawn wrth i'r fodcas a'r peintiau ddiflannu.

Roedd dawns yn cael ei chynnal ym Mhentre'r Ieuenctid, felly gan fod y bar wedi cau yn y Stockmans aeth Harri, Mona, Trudi a Densil draw i'r ddawns.

'Lle ddiawl ma'r blydi lle 'ma?' gofynnodd Mona ar ôl cerdded yn sigledig am ugain munud.

''Den ni bron iawn yna rŵan.'

'Ddudest ti hynna ddeg munud yn ôl,' cwynodd Mona.

'Dwi'n eisiau phiso!' cwynodd Trudi.

'Wedes i wrtho ti am fynd i'r jeriw cyn cychwyn, on'd do fe.'

'Be ddiawl 'di jeriw?' gofynnodd Trudi.

'Wel, toiled, achan!' meddai Densil.

'Sori, on i'n feddwl bo ti'n sôn am *jews* neu rhywbeth.'

'Duwedd, gne'n y sietin yn fanna,' awgrymodd Harri.

'Dim ond piso dwi'n eisiau wneud!'

'"Sietin" ddudis i – clawdd, gwrych!'

'Ooo!' Chwardddodd pawb.

'Ni'n cal tamed o "lingo problems" withe, on'd 'yn ni, Trud.'

'Yndan, ond 'dan ni'n ddallt yn gilydd yn reit dda yn y diwedd, yndydan,' meddai Trudi gan roi cusan sydyn i Densil.

Ni fu Mona a Trudi erioed mor falch o gyrraedd y toiledau, er mor afiach yr oedden nhw.

''Na i byth deud fod y "gachafán" yn budur eto!' meddai Trudi a oedd wedi bod yn hofran yn sigledig uwchben y toiled am bum munud.

Roedd y babell lle cynhelid y ddawns dan ei sang a phawb yn dawnsio a chanu. Safai cwpl ifanc o Loegr wrth y bar wedi'u syfrdanu gan ymateb pawb i'r canwr ar y llwyfan. *'People are going mad in there, like,'* meddai un ohonynt wrth Mona, a oedd yn ceisio tynnu sylw'r person y tu ôl i'r bar, *'. . . and he's just an old man singing with his guitar. They're all sitting on each other's shoulders and just going mad and singing "a marrow heed" or something!'*

''Dan ni yma o hyd. 'Dan ni yma o hy-y-yd . . .!' canodd Trudi, 'a dwi'n eisiau diod heddiw plî-îs,' canodd wrth y dyn tu ôl i'r bar.

'He's a very popular singer, and that's a very popular song. You'd have to be Welsh to appreciate it,' eglurodd Mona gan droi ei chefn arnynt. Doedd ganddi mo'r amynedd i ddechrau egluro dim mwy iddyn nhw.

'Ge i hwn i chi, ferched,' meddai llais wrth eu hymyl. John oedd yno.

'Na, 'dan ni'n iawn, diolch,' meddai Trudi'n siarp.

'O dowch o 'na. Un diod bech *for old time's sake*? Dwi 'di brynu o i chi rŵan beth bynnag. Fodca a leim i ti, Mona fech, a *gin* a tonic i chdi, Trudi. 'Den ni'n ffrindie rŵan?' meddai'n ymbilgar.

'Dwi'm yn gwbod wir,' meddai Mona'n amheus.

'Blydi hel, fyddwn ni yma trwy'r nos yn ddisgwyl cal 'yn syrfio yn y lle 'ma,' meddai Trudi. 'Well i ni yfed hwn i aros. Diolch, John. Cym on, Mona, *down the hatch* â fo, neu byddi di fyth yn gallu cysgu yn y trelyr 'na.'

'O, ocê ta. Iawn, ffrindia, ond dim byd arall, dallta!' meddai Mona gan roi clec i'r ddiod ar ei thalcen. 'Blydi hel! Faint ddiawl o fodcas oedd yn hwnna?'

Ond pan edrychodd doedd dim golwg o John yn unlle.

'Blydi boi od 'di hwnna!' meddai Trudi gan gymryd sip o'i diod. 'Ych-a-fi, ma'r *gin* 'ma'n horibl. Betia i di fod o wedi phiso yno fo ne rwbath. Dwi'm yn fynd i'w yfed o,' meddai gan droi ei thrwyn a thaflu'r ddiod ar y gwair ar y llawr.

O'r funud yr yfodd Mona'r ddiod, fe deimlodd yn rhyfedd iawn – rhyw fedd-dod melys, nwydus. Daeth Harri a Densil i'r golwg efo diodydd iddyn nhw.

''Den ni 'di cel dybl rownd i ni,' meddai Harri, gan gario'r diodydd a cholli diferion ar hyd ei ddwylo.

'Dwi'n wedi cael dybl rownd hefyd,' meddai Trudi gan ddod â hambwrdd yn llawn o ddiodydd. 'Fyddwn ni'n iawn am y noson rŵan, yn fyddwn?'

Llyncodd Mona un o'i diodydd ar ei thalcen eto i gael gwared o flas annifyr y ddiod a gafodd gan John.

'Ara deg, lodes! Me 'na ddybl fodca yn hwnna,' meddai Harri gan gymryd y ddiod nesaf oedd yn llaw Mona oddi arni. 'Dwi'm isie ti'n chwydu ar 'y mhen i ac yn gneud cowdel yn fy nhrelar i heno 'ma, madam. Dwi'n trelar *proud*, cofia!'

'Tyd i ddawnsio ta, secsi,' meddai gan ei lusgo i ddawnsio i'r gân 'Esgair Llyn'. Y funud y cyrhaeddon nhw'r llawr dawnsio, taflodd Mona ei hun ar Harri a dechrau ei gusanu'n wyllt gan wthio'i llaw i lawr ei drowsus a gwasgu ei ben-ôl siapus.

'Wôw!' meddai Harri gan ei gwthio i ffwrdd. 'Mei 'na amser a lle i bopeth.'

'Cym on, dwi'n gwbod bo ti isio fi,' meddai Mona, gan lyfu ei glust. 'Be 'sa ti a fi'n mynd yn ôl i'n trelar bach clyd ni?'

'Ie, iawn, awn ni ar ôl i'r ddawns orffen.'

'Dwi isio ti rŵan, Harri!'

Cawsant dacsi yn ôl i faes y sioe, a'r eiliad yr oedden nhw yn y trelar fe hyrddiodd Mona ei hun ar Harri gan ddiosg ei ddillad cyn iddo gael cyfle i feddwl.

'Ti'n siŵr bo ti'n barod?' gofynnodd Harri a'i anadl yn ddwfn a chyflym.

'O ydw, dwi'n barod. Dwi isio chdi rŵan, Harri. Cym on, cym on . . .'

'Uffech ole, wyt ti 'di clywed am *foreplay* rioed?'

Ac yno, a'r trelar bach yn siglo'n simsan, y collodd Mona ei gwyryfdod.

*   *   *

'Oeddet ti'n ffantastig neithiwr,' meddai Harri'n gysglyd yng nghlust Mona fore trannoeth.

'Mmmm. Lle ydw i?' gofynnodd Mona'n ddryslyd.

'Yn y trelar clyd, yn y Roial Welsh, debyg,' meddai Harri gan fwytho ei bronnau.

Roedd Mona'n dal yn feddw, a doedd ganddi ddim amynedd siarad.

'Shhh! Dwi isio cysgu.'

'Mmmm, ella y basa'r Nyth Glyd yn well enw arno fo,' meddai Harri'n awgrymog gan wthio'i law i lawr am ei 'nyth'.

'Gad lonydd,' meddai'n flin.

'Duwedd, ti 'di newid dy gên. Odd 'na'm digon i ti'i gel neithiwr,' meddai gan gusanu ei hysgwydd.

'Plîs, Harri, dwi'n teimlo'n crap . . . dwi jest isio cysgu,' mwmiodd Mona rhwng cwsg ac effro.

Bu Mona'n cysgu drwy'r dydd. Pan ddeffrodd yn hwyr yn y pnawn, roedd ganddi'r cur pen mwya diawledig a brofodd erioed. Ac yn waeth na hynny, ni allai gofio dim am y noson cynt. Dim yw dim. Gallai gofio yfed yn y Stockmans a cherdded draw i'r ddawns, ond am weddill y noson – roedd yn angof llwyr. Ceisiodd godi ei phen i edrych o'i chwmpas.

'Aw!' Roedd hyd yn oed symud ei phen yn brifo. Gallai weld ei dillad wedi'u taflu ar hyd y lle ym mhobman a sylweddolodd ei bod hi'n hollol noeth o dan y cwilt. Cododd y cwilt ac edrych ar ei chorff – roedd cnoadau piws ar ei bronnau, ar ei bol, ac ar ben ei choesau.

'Omaigod! Omaigod! Omaigod!' Teimlai Mona rhyw

losgi y tu mewn iddi ac yn ara deg daeth yn amlwg beth oedd wedi digwydd y noson cynt, er na fedrai gofio'r un manylyn. Bu'n wyryf am yr holl flynyddoedd, a dyma hi wedi taflu'r cyfan – a hynny mewn trelar gwartheg, o bobman! Ac i wneud pethau'n waeth, doedd hi'n cofio dim!

* * *

Ni chafodd Mona fawr o flas ar y sioe wedi hynny. Bu'n taflu i fyny ac roedd 'na gnocell y coed yn dyrnu ei phen a phrosesydd bwyd yn corddi ei bol. Penderfynodd fynd adre ddydd Mawrth, a gwnaeth esgus ei bod wedi cael rhyw salwch bedair awr ar hugain.

Yn ôl yn y Nyth Glyd bu'n pendroni ynglŷn â digwyddiadau'r ddawns yn y sioe. Doedd hi erioed wedi cael y fath 'benmaenmawr' ar ôl yfed o'r blaen, ac yn sicr doedd hi erioed wedi profi'r fath ddiffyg cofio. Er ceisio cofio pob digwyddiad, ni allai yn ei byw â dwyn i gof yr hyn a ddigwyddodd yn y trelar, ond roedd yn amlwg ei bod wedi plesio Harri. Doedd ganddi mo'r galon i ddweud wrtho nad oedd yn cofio dim. Ysai am gael gweld Trudi i gael bwrw ei bol, a hiraethai am Glenys i gael cyngor.

Penderfynodd fynd adre at ei mam am rai dyddiau i gael chwa o awyr iach o'r canolbarth ac i glirio'i phen. Gadawodd nodyn ar y bwrdd i Trudi yn dweud y byddai yn ei hôl ymhen tua wythnos ar ôl bod am ymweliad â'r 'nefoedd' ym Môn.

* * *

Pan ddychwelodd Mona o Sir Fôn roedd nodyn ar y bwrdd yn ei haros,

> 'Wedi cael amser grêt yn y sioe. Wedi fynd i Dolgella at Dad a Mam. Gweld ti wythnos nesa. Gawn ni'r *goss* i gyd adeg hynny ia?
>
> Swsus,
> Trudi xx'

'Damia chdi, Trudi!' Doedd gan Mona ddim rhif ffôn na chyfeiriad cartref Trudi i gael gafael arni. Roedd arni wir angen siarad â rhywun am ddigwyddiadau'r sioe. Poenai ei henaid, y gallai fod yn disgwyl; a oedden nhw wedi defnyddio unrhyw fath o offer atal cenhedlu; faint o ferched eraill roedd Harri wedi cysgu efo nhw; a fyddai'n cael rhyw afiechyd ganddo? Bu'n astudio ei 'nyth' rhag ofn fod yna ryw dyfiant, neu frech neu rywbeth od i'w weld o'i gwmpas – er doedd ganddi ddim syniad sut yr edrychai unrhyw afiechyd rhywiol! Bu wrthi efo drych yn astudio. 'Ych a fi! Does bosib fod rhain i fod edrych fel'na?' gofynnodd iddi'i hi'i hun. Sut gallai'r ffasiwn hyll-bethau gynhyrfu dynion, ni wyddai hi yn ei byw.

Daeth i benderfyniad dros ei phaned yn ei gwely unig y bore Sadwrn hwnnw, y byddai'n rhaid iddi fynd ar y bilsen, ac y byddai'n rhaid i Harri ddefnyddio 'sachau dyrnu' – jest i wneud yn siŵr na fyddai'n cael unrhyw 'ych-a-finnes, caca brenhines', *ac na fyddai'n yfed yn wirion fel 'na fyth eto* (ac roedd hi'n ei feddwl o y tro yma!), a phe bai hi mor anffodus â bod yn feichiog, yna byddai'n rhaid iddi gael erthyliad. Dyna'r ateb, hawdd a syml. Daeth i'r casgliad ei bod hi wirioneddol mewn cariad â Harri hefyd. Teimlodd yn gynnes i gyd. Roedd ei bywyd yn dechrau ar gyfnod newydd cyffrous, ac roedd hi mewn rheolaeth lwyr o bopeth!

*   *   *

'Damia, damia, damia,' meddai Mona wythnos yn ddiweddarach. Roedd ei misglwyf yn hwyr, ac fe arferai fod yn rheolaidd fel wats. Bron y gallai ddweud nid yn unig pa ddiwrnod ond faint o'r gloch yr arferai ddechrau – bore ddydd Mawrth bob pedair wythnos fel arfer. Roedd hi'n ddydd Gwener erbyn hyn, ac roedd ei nicer yn wynnach na gwyn! 'Straen. Dyna ydi o. Dwi wedi bod dan straen uffernol y mis dwytha 'ma,' ceisiai ei darbwyllo'i hun. Edrychai ymlaen at weld Trudi'n dychwelyd y diwrnod hwnnw. Roedd bron i bythefnos ers i'r ddwy weld ei gilydd ddiwethaf, ac roedd gan y ddwy gymaint i'w ddweud wrth ei gilydd. Rhoddodd Mona ddwy botel o win gwyn yn yr oergell erbyn y nos, ac fe lanhaodd y tŷ o'r top i'r gwaelod yn barod i'w chroesawu, gan roi diawl o sioc i'r mop pry cop a gafodd weld olau dydd ddwywaith mewn llai na deufis.

Doedd dim golwg o Trudi ac roedd hi'n ganol pnawn erbyn hyn. Teimlai Mona'n ddiflas, felly penderfynodd fynd i'r dre i siopa bwyd. Asy, teimlai fel oes ers i'r ddwy gael pryd o fwyd deche efo'i gilydd ddiwethaf. Stecen a salad, a threiffl i bwdin oedd ar y fwydlen. Ffefryn Trudi a Glenys. Yna cofiodd yn sydyn am Glenys. Glenys druan! Tybed beth fyddai ei chyngor hi iddi? Tybed beth fyddai Glenys wedi'i wneud pe bai hi wedi darganfod ei bod hi'n disgwyl pan gymerodd y prawf beichiogrwydd yna rai misoedd yn ôl? Tybed a ddylai Mona brynu prawf beichiogrwydd hefyd, rhag ofn? Na, duwadd, roedd hi'n mynd o flaen gofid rŵan, dim ond ychydig ddyddiau'n hwyr yr oedd hi wedi'r cyfan.

Yn sydyn gwelodd landrofer Harri'n dod i lawr y stryd. Roedd rhywun yn eistedd wrth ei ymyl. Y flonden 'na oedd hi eto. Cododd ei llaw arnynt, ond ni welodd yr un o'r ddau hi gan eu bod mor brysur yn siarad ac yn chwerthin. Pwy uffarn oedd hi? Yna cofiodd yn sydyn am eiriau Glenys: 'Paid â'i drystio fe, Mona.' Beth yn union roedd Glenys wedi'i glywed amdano?

Prynodd anferth o far o siocled, dwy botel o win, dwy stecen ddigon mawr i alw 'chi' arnyn nhw, clamp o gacen hufen fawr i bwdin (ar ôl penderfynu fod treiffl yn ormod o drafferth) ac am ryw reswm cafodd yr ysfa am orennau, felly prynodd becyn anferth o'r rheini hefyd.

Pan gyrhaeddodd adref roedd nodyn ar y bwrdd yn ei haros.

> 'Trudi wedi alw, neb adra. Ti'n cael amser dda yn rhwla Mona – byth adra. Wedi fynd i lawr i aros efo Densil am y penwythnos. Wela i di amser cinio dydd Llun – os fyddi di yna'n de!
> Cariad fawr,
> Trudi.
> xx'

'Damia unwaith!' roedd Mona mor siomedig ei bod wedi colli Trudi eto fyth. Taflodd y nodyn i'r bin ac agorodd botel o win a thywallt gwydraid iddi'i hun. Roedd ei flas yn troi arni. Rhyfedd. *Chardonnay* oedd o – ei ffefryn fel arfer. Penderfynodd ffrio'r stecen iddi'i hunan bach, ond damia unwaith, er mai'r pnawn hwnnw yr oedd wedi'i brynu, roedd ei oglau yn troi arni a thaflodd o i'r bin. Oren, roedd yn rhaid iddi gael oren. Roedd blas chwerwfelys bendigedig ar hwnnw. Beth oedd y jôc 'na am ferched beichiog ac orennau hefyd? Cachu hwch!

Aeth i'r toiled. Na, dim arwydd o'i misglwyf. Os na fyddai rhywbeth wedi digwydd erbyn y bore, byddai'n rhaid iddi fynd i brynu prawf beichiogrwydd. Ni allai gario ymlaen i wneud ei hunan yn sâl wrth boeni fel hyn, a, mwy na thebyg, poeni am ddim byd yr oedd hi yn y diwedd. Unigrwydd oedd i gyfri am hyn. Pe bai ganddi gwmni byddai ei meddwl ar rywbeth arall. Twt-twt!

*   *   *

Aeth yn syth i'r dre fore dydd Sadwrn. Penderfynodd fynd yn reit fuan tra bod y siopau'n dal yn reit wag, fel na fyddai neb yn ei gweld yn prynu'r prawf beichiogrwydd.

Cerddodd o gwmpas y siop gan esgus edrych ar y siampŵs a'r sebonau, gan edrych yn slei bach heb droi ei phen, am y silff lle cedwid y profion. Fe'u gwelodd, a smaliodd edrych ar rywbeth arall gyferbyn gan edrych ar y profion trwy gornel ei llygaid. Ond yr unig beth oedd ar yr un silff â'r profion oedd sachau dyrnu (o bob lliw, llun a blas), amrywiol becynnau misglwyf, a napis!

Dyna ddweud cyfrolau am feddylfryd ceidwad y siop fferyllydd.

Penderfynodd Mona mai'r pecynnau misglwyf oedd y pethau saffa i edrych arnyn nhw, a bu'n esgus darllen y llith oedd ar ochr un pecyn tra oedd yn astudio trwy gornel ei llygad, pa brawf beichiogrwydd oedd y rhata, a'r un mwyaf sydyn. Cofiodd am y pecyn a welodd yn llofft Glenys a stwffiodd hwnnw o'r golwg o dan focs o hancesi poced papur ac amrywiol sebonau a siampŵs. Cerddodd at y til, ond sylwodd ar fam un o blant yr ysgol yn talu am ei nwyddau yno, felly dyma esgus ei bod wedi anghofio rhywbeth ac aeth yn ei hôl i nôl hufen haul i ben draw'r siop. Pan nad oedd neb yn y siop, hanner rhedodd at y til i dalu. Sganiodd y ferch yr eitemau'n hamddenol bob yn un a thaflodd Mona nhw i'r bag yn frysiog nes y daeth at yr eitem olaf – y prawf beichiogrwydd. Am ryw reswm ni ellid ei sganio felly gwaeddodd y ferch tu ôl i'r cownter ar y fferyllydd ar dop ei llais, 'Faint 'di'r *Clearblue* 'ma, Mistar Jones!'

Teimlodd Mona ei hun yn gwrido hyd at ei chlustiau.

Ar hynny agorodd drws y siop. Edrychodd Mona i lawr gan geisio'i chuddio'i hun. Gallai weld prifathro'r ysgol, a oedd newydd gerdded i mewn, yn mynd i ben bella'r siop.

'Deg punt!' gwaeddodd Mistar Jones y fferyllydd. Bu bron i Mona lewygu. 'Asy, blydi pric drud,' meddyliodd a gobeithiai na fyddai'n rhaid iddi brynu rhai'n rhy aml, wir ddyn!

Newydd daflu'r pecyn o'r golwg i ddiogelwch ei bag yr oedd Mona pan daflodd rhywun becyn o ddwsin o gondoms ar y cownter. Mr Evans y prifathro oedd o! Gwenodd Mona arno. Safodd yntau yno fel pe bai newydd daflu pecyn o fferins ar y cownter heb owns o swildod.

'Ffor dech chi, Mona fech,' meddai'n siriol. 'Dech chi'n mwynhau'r gwylie 'ma?'

'Ydw, diolch. Dach chi'n mynd i fod yn brysur iawn, dwi'n gweld,' llithrodd y geiriau allan cyn i Mona feddwl yn glir.

'Sori, ma'n rhaid i mi fynd. Dwi ar frys. Joiwch . . . hynny ydi . . . peidiwch â gweithio'n rhy galed . . . ta-ra!'

O'r arglwydd! Am beth gwirion i'w ddweud! Gallasai Mona gicio'i hun am fynd i'r fath strach. Yna, cysidrodd – beth aflwydd oedd Mr Evans oedd dros ei hanner cant yn braf, a'i wraig oedd yr un oed ag o, yn ei wneud yn prynu condoms? Dow!

Rhedodd i fyny'r grisiau pan gyrhaeddod adre a rhwygodd y pecyn allan o'r bocs. Darllenodd y cyfarwyddiadau'n sydyn, ac yna ceisiodd bi-pi ar y man cywir ar y pric bach plastig. 'Asy goc, ma'n amlwg ma dyn sy 'di dyfeisio'r blincin peth yma hefyd,' meddai Mona wrthi'i hun yn ddistaw bach. 'Dydyn nhw ddim yn sylweddoli pa mor anodd ydi hi i ferched êmio ar y petha 'ma,' meddai a'i llaw yn wlyb. 'Reit, dwi fod i aros am bum munud i weld beth ddigwyddith.'

Eisteddodd ar sêt y toiled i aros. Yna gwnaeth rywbeth nad oedd wedi'i wneud ers blynyddoedd – ddim ers iddi glywed, pan oedd hi'n ferch ysgol, fod canser ar ei thad – caeodd ei llygaid a gweddïodd.

Ein Tad yr hwn wyt yn y nefoedd, sancteiddier Dy enw, a lot o bethau neis felly. Gofalwch am bawb os gwelwch yn dda a gwnewch i Mam fyw yn hapus ac yn iach a than y bydd hi'n hen iawn.

Sut ydach chi ers blynyddoedd? Sori dwi ddim wedi cysylltu efo chi erstalwm, ond ron i wedi pwdu efo chi braidd am beidio gwella Dad fel wnes i erfyn arnoch chi rai blynyddoedd yn ôl bellach. Beth bynnag, dyma gyfle i chi wneud iawn am hynny! Dwi mewn chydig o strach. Plîs, plîs, plîs gwnewch i mi beidio bod yn feichiog – mi wna i unrhyw beth i chi – stopio yfed, stopio rhegi, ac mi wna i hyd yn oed fod yn athrawes Ysgol Sul yn Soar am weddill fy oes. Plîs, plîs, plîs atebwch fy ngweddi – gwnewch i mi beidio bod yn disgwyl, plîs . . .

Cofiwch fi at Dad a Glenys – deudwch wrthyn nhw mod i'n eu colli nhw'n ofnadwy . . . Amen.

Cymylwyd ei llygaid gan ddagrau. Agorodd ei llygaid. Edrychodd ar y pric plastig yn ei llaw – roedd dwy linell las dywyll i'w gweld yn hollol eglur. Roedd Mona'n feichiog. Edrychodd i fyny – 'O'r basdad-uffarn-diawl!'

PENNOD 6

Roedd Mona mewn andros o stad pan ddaeth Trudi yn ei hôl o Gwm Gwendraeth bnawn Llun. Mynnodd y byddai'n mynd ar ei hunion at y doctor drannoeth i wneud trefniadau i gael erthyliad, doed a ddêl. Ymbiliodd Trudi arni i beidio, ac i ystyried yr holl opsiynau. Ond roedd Mona yn benderfynol mai erthyliad oedd yr unig ateb.

'Plîs paid, Mona. Gnei di ddifaru am byth, sti. Dim bai'r babi bach 'na 'di o, naci? Pam ei ladd o achos bo ti 'di gneud mistêc?'

'Nid fi nath y mistêc, dwi'n deud wrthat ti! Dwi'm yn cofio uffarn o'm byd am y blydi peth. Sgen ti'm syniad sut dwi'n teimlo!'

'Dwi'n gwbod yn iawn sut ti'n teimlo, Mona. Dwi'n gwbod yn iawn sut beth 'di bod yn ddisgwyl pam ti'm isio fod. Dwi'n gwbod yn iawn sut fasa ti'n teimlo ar ôl gael aborsiyn,' meddai'n dawel, a thristwch yn atseinio yn ei llais. Roedd Trudi'n siarad o brofiad.

'Jeff oedd y tad. Oeddan ni wedi engejio a bob peth, ond on i dal yn y coleg ac yn gwbod os basa fi'n cael y babi y baswn i yn byth gallu gorffen y cwrs. Sut fath o dyfodol oedd hynny i babi bach, yndê? Oedd Jeff ar y dôl ar y pryd hefyd, felly dim ond un ateb o'dd 'na, cal gwared o'r babi. Ond doedd Jeff ddim yn cytuno, oedd o'n meddwl y basa ni'n côpio, ond on i'n gwbod y basa fo'n anodd uffernol, ac on i rîli isio gorffen gradd fi. Yn y diwedd 'aru Jeff hanner cytuno, achos oedd o'n byw efo'i dad a mam fo mewn tŷ bach iawn, ac wedi trio am lôds o jobs ac wedi methu cael ddim byd, felly nes i cael yr aborsiyn cyn iddo fo newid ei feddwl. Oedd yr aborsiyn yn horibl, horibl . . . Am bo fi wedi mynd dros dri mis, oedd rhaid i fi gael fy indiwsio i geni'r babi. Oedd hynny'n ofnadwy, poenus uffernol ac ar y diwedd oeddat ti'n gweld y peth bach ' ma . . . on i'n teimlo'n rêl bitsh selffish. Ond i gneud pethau'n gwaeth, dim un babi oedd 'na – oedd 'na dau – on i'n ddisgwyl *twins*, Mona, felly dim jest un babi bach nes i lladd . . . nes i lladd dau babi bach . . .' Bu Trudi yn wylo'n edifeiriol am hir ar ôl adrodd y stori; roedd yn amlwg nad oedd wedi dweud yr hanes wrth neb ond Jeff o'r blaen, ac roedd agor hen friw yn boenus uffernol iddi.

'Pan 'aru Jeff clywed am y *twins* ath o'n *ballistic*. 'Aru ni cael uffarn o ffrae . . . a'r noson honno gafodd o'r damwain . . .'

'O Trudi, druan,' wylodd Mona efo'i ffrind fach annwyl. Nid oedd Mona wedi ystyried cadw'r babi o gwbl; yr unig beth roedd hi wedi bod yn canolbwyntio arno oedd cael ei bywyd hi'n ôl fel ag yr oedd o heb feddwl am y babi na theimladau Harri hyd yn oed.

'Well i mi feddwl am Plan B felly'n dydi . . .' meddai Mona gan ochneidio. 'Ond ti'n gweld, Trud, dim ond ers tua deufis dwi'n nabod Harri, fforgodsêc; o leia oeddat ti a Jeff wedi dyweddïo. Alla i ddim mynnu fod Harri'n fy mhriodi i. Dwi'n ei garu o ormod i'w orfodi o i wneud hynny. Dydw i ddim isio'i gaethiwo fo am weddill ei oes, jest oherwydd un weithred ar un noson wirion wallgo nad ydw i'n cofio'r un blydi peth amdani. A beth bynnag, ella y basa fo isio imi gael erthyliad . . .'

'. . . Neu ella bod o isio priodi ti. Dim jest am bo ti'n ddisgwyl ei babi bach o, ond am bo fo rîli isio priodi ti beth bynnag,' meddai Trudi yn obeithiol.

'Dydi o rioed wedi deud wrtha i 'i fod o'n 'y ngharu i, heb sôn am briodi.'

'God, be ti'n ddisgwyl, Mona – ffarmwr 'di o 'nde!' mynnodd Trudi. ''Sa ti'n buwch mi fasa fo wedi deud hwnna wrtha ti erstalwm, ond yffach, ti'm yn ddisgwyl i ffarmwr, o bawb, ddeud bod o'n caru ti!'

'Ti'n meddwl basa fo'n deud hynny taswn i'n deud bo fi'n gyflo?'

'Be?'

'Yn disgwyl 'i lo fo! A be 'di'r "yffach" busnas 'ma hefyd, musus? Ydi Densil yn dechra cael dylanwad arnat ti'n barod, dwad?'

Gwenodd Trudi trwyddi wrth feddwl am Densil. ''Nes i rioed meddwl y basa fi'n gallu caru rhywun eto, sti, Mona. A dwi'm yn feddwl bo fi'n haeddu cael neb i garu fi chwaith ar ôl be 'aru fi gneud . . .'

'Gwranda, Trudi,' meddai Mona'n llym, 'mae'n rhaid i ti roi'r gorffennol y tu ôl i ti a pheidio â chosbi dy hun fel hyn. Asy, ddim ti 'di'r cynta na'r ola i gael erthyliad siŵr dduw – toes 'na filoedd yn cael erthyliadau mewn blwyddyn . . .?'

'Ia, ond dydi hynny ddim yn ddwyd fod hynny'n beth iawn i neud, nac'di?'

'Ond oeddat ti mewn sefyllfa amhosib, Trudi fach. Hyd yn oed os basat ti wedi cadw'r babis, ella na fasa petha wedi gweithio rhyngddot ti a Jeff – y basa'r straen o fagu efeilliaid a byw efo'i rieni o wedi bod yn ormod i chdi, a lle fasat ti heddiw – yn riant sengl heb ddim cymwysterau a dau o blant bach i'w magu.'

'Dwi'n gwbod hynna, dyna pam dwi'n ddeud y basa petha'n haws i ti – o leia ma gynno ti swydd ac ma gan Harri ffarm – felly mi fasa gynno chi to uwch penna chi a seciwriti . . .'

'Ti'm 'di cwrdd â'i fam o, Trudi – mae'n gneud i Edwina Currie edrych fel angel!'

'Ocê, so duda os nad ydi Harri isio priodi chdi, alla i helpu ti, Mona. Elli di cael rhywun i edrych ar ôl y babi – mynd â fo i meithrinfa ne rwbath – a fynd yn ôl i weithio.'

'Dwi'n gwbod y nesa peth i ddim am fabis, Trudi. Na, wir, dwi'n dal i feddwl mai cael ei wared o fydda ora i bawb.'

'I bawb ond y babi, Mona. Plîs, plîs, Mona, cadwa fo, neu rho fo i gael ei adoptio ne rwbath, jest paid â'i ladd o, plîs, plîs. Mi gwna i unrhyw beth i helpu ti i magu fo, Mona.'

Dechreuodd Mona simsanu a theimlo'n reit euog ei bod wedi bod mor hunanol. Ochneidiodd.

'Eith Mam yn boncyrs,' meddai Mona.

'Neith hi dod rownd yn y diwedd, sti. O leia siarada efo Harri am y peth – ma gynno fo hawl i gal gwbod – fo ydi'r tad yndê?'

'Wel ia, siŵr dduw! Er mi allsa fo fod yn Santa blydi Clôs am hynny dwi'n gofio! Ia, iawn, ella y gwna i grybwyll y peth pan wela i Harri nesa.'

'Mona!' Tro Trudi oedd bod yn llym rŵan.

'Iawn, dwi'n addo trafod y peth efo Harri nos fory,' meddai Mona yn wangalon.

*   *   *

'Yr wyf fi, Harri David Lewis Fôn, yn dy gymryd di, Mona Haf Jones, yn wraig briod, gyfreithlon i mi.'

'Yr wyf fi, Mona Haf Jones, yn dy gymryd di, Harri David Lewis Fôn, yn ŵr priod, cyfreithlon i mi.'

Criw bychan iawn o'r teulu a ffrindiau agosaf oedd yn y swyddfa gofrestru. Trudi oedd y forwyn a Wil Pennant oedd y gwas. Roedd croen ei thin ar dalcen Sylvia, ac roedd gwên fach nerfus ar wyneb Dei. Golwg ofidus iawn oedd ar wyneb mam Mona. Fe gymerodd rai wythnosau iddi ddod i arfer â'r syniad; i ddechrau fod Mona yn canlyn o gwbl, yn ail ei bod yn feichiog, ac yn drydydd ei bod yn priodi – a'r cyfan mewn cyfnod o lai na phedwar mis – ac roedd hynny cyn iddi gwrdd â Sylvia! Bu'n methu cysgu'r nos am nosweithiau ar ôl cwrdd â honno, gan ofidio bod ei merch fach hi'n gorfod byw efo'r ffasiwn ddraig.

Roedd criw reit dda wedi dod i'r parti nos, a phawb wedi ymlacio ac yn mwynhau eu hunain. Pawb ond John – fe ddaeth o i'r parti er nad oedd wedi cael gwahoddiad. Bachodd ei gyfle i siarad â Mona pan nad oedd Harri o gwmpas.

'Mi weithiodd y *love potion* yn y sioe, 'te?' meddai'n slei wrth Mona.

'Be?'

'Wel, gan fod Harri wedi colli'r bet, on i'n meddwl y baswn i'n rhoi *booby prize* iddo.'

'Be?' meddai Mona'n flin a dryslyd. 'Pa bet? Pa *love potion*?'

'Ti'm yn deud wrtha i ned ydi o byth wedi deud wrthat ti, lodes? Ha! Ha!'

Ar hynny daeth Harri draw a golwg wyllt ar ei wyneb.

'Dwi'm yn cofio rhoi gwahoddiad i ti ddod yma?' meddai'n flin wrth John.

'Neddo, nest ti ddim. Ond on i jest yn galw ar y ffordd drew i'r Ceffyl Gwyn – meddwl y baswn i'n rhoi chydig o gyngor i'r Mona fech 'ma.'

'Be ti 'di bod yn ddeud wrthi?' Roedd Harri'n wyllt.

'Dim ond chydig o'r gwirionedd – rhywbeth y dylie ti fod wedi deud wrthi erstalwm.'

WAC! Trawodd Harri John nes ei fod yn ffladach ar y llawr a gwaed yn pistyllio o'i drwyn.

Cododd John ei ben a dweud, a gwên llawn sen ar ei wep, 'Be sy, Harri – y gwir yn brifo, yndi?'

WAC! arall ac un arall. Tynnodd Wil Pennant Harri yn ôl a hebryngodd Tŷ Coch John allan gan ei siarsio i gadw draw. Safodd Mona'n syfrdan yn ei ffrog hufen gyda smotiau o waed John wedi tasgu drosti. Doedd hi erioed wedi gweld Harri cymaint o'i go, nid ei bod yn ei adnabod ers cymaint â hynny! A beth a olygai'r hyn a ddywedodd John wrthi?

'Wyt ti'n iawn, bach?' gofynnodd Densil yn dyner, wrth weld Mona'n sefyll ar ei phen ei hun a golwg wedi'i syfrdanu arni

'Be sy 'di ddigwydd?' gofynnodd Trudi wrth ddod â lemonêd i Mona, a pheint yr un iddi hi a Densil.

'Dwi'm yn gwbod yn iawn,' meddai Mona, 'ond on i ddim yn licio be welis i na be glywis i.'

Daeth Wil Pennant ati o rywle. 'Me Harri wedi mynd i'r llofft i cwlio lawr damed,' meddai'n llawn gofid. 'Hen fasdad 'di'r John 'na. Be ddudodd o wrthot ti?'

Adroddodd Mona'r hyn a ddywedodd gan ofyn a wyddai Wil beth a olygai hyn oll.

'Do's ryfedd fod Harri 'di fflipio felly. Harri sy'n gwbod yr hanes i gyd. Me'n rhaid iddo fo egluro misdimaners John i ti. Well i ti fynd ato, Mona.'

*   *   *

Eisteddai Harri ar y gwely a'i ben yn ei ddwylo.

'Harri?'

'Paid â choelio gair me'r John 'na 'di ddeud wrthot ti!'

'Sut wyt ti'n gwbod 'i fod o wedi deud unrhyw beth wrtha i? Glywest ti 'run gair, oni bai bo gen ti ofn iddo ddeud rwbath wrtha i, yndê – hynny yw, rhywbeth ynglŷn â rhyw bet neu'i gilydd!'

'O shit! Gwranda. Jest jôc oedd o i ddechre. Jest eth pethe'n rhy bell.'

'Braidd yn hwyr i ddeud hynna rŵan, yn dydi! Well i ti ddeud mwy wrtha i, dwi'n meddwl, Harri!'

'Mi ddylswn i fod wedi crybwyll y peth cyn hyn, ond . . . efo'r babi ar y ffordd a phopeth, fethes i â magu plwc i ddeud wrthot ti.'

'Wel, dwi'n glustia i gyd, Harri!'

'Nei di addo peidio gwylltio?'

'Dwn i'm, wir,' meddai Mona, a'i ffroenau'n ffromllyd.

'Dwi'm yn gwbod ble i ddechre ... Ond ... O! Uffern ole, me hyn yn mynd i swnio'n uffernol sut bynnag dwi'n drio'i ddeud o wrtho ti ...'

'Jest duda wrtha i, Harri!' Roedd pwysau gwaed Mona yn dechrau codi.

'Wel. Odd 'na lot o'r cogie'n dy ffansïo di, ac oedden nhw i gyd yn deud ned oedden nhw'n cel rhyw lawer o lwc efo chdi ...'

'Be ti'n feddwl?'

'Wel, odd y rhai oedd wedi bod allan efo chdi'n deud ned odden nhw wedi gellu mynd yn bell iawn, ti'n gwbod ... felly dyma John yn betio y basa fo'n gallu cel rhyw efo chdi ... ond mi fethodd o, er 'i fod o'n hawlio me fo oedd ar y brig achos me fo odd yr unig un i gel 'i law i lawr dy nicys di ...'

'Be!' Eisteddodd Mona mewn anghrediniaeth.

'Felly pen ddeth fy nhro i mi fetiodd John £20 na faswn i'n gallu cel rhyw efo chdi cyn y Roial Welsh ...'

'Ac mi gollest ti ugain punt – bechod! Ffycin hel, Harri, be ddiawl ti'n feddwl ydw i!' Crynai Mona mewn tymer.

'Ond, dim dyna'r cyfan ...' ychwanegodd Harri'n betrusgar.

'O be, ma 'na fwy?'

'Weth i ti gel gwbod y cyfan ddim. Yn y sioe, mi dales i'r arian iddo, a ddaru o fygwth sbeicio dy ddiod di fel *booby prize* i mi. Ond mi rybuddies i o i beidio meiddio gneud ffasiwn beth, achos . . . wel . . . achos erbyn hyn on i . . . wel ti'n gwbod . . .'

'Nacdw Harri, dwi ddim yn gwbod. Dwi'n gwbod bygyr ôl am ddim byd!'

'Wel, on i mewn cariad efo chdi erbyn hynny'n do'n i, a dwi dal yn. Taswn i'n gwbod bo John 'di sbeicio dy ddiod di faswn i byth wedi cymryd mantais o'no ti, ti'n gwbod hynny'n dwyt.'

'Nacdw, sut ddiawl dwi fod i wbod y petha 'ma, asy goc, mond blydi hogan ydw i, fforgodsêc, ti'n gwbod, dwi'm yn berson go-iawn efo teimlada . . .' Erbyn hyn roedd Mona mewn cymaint o stad fel y dechreuodd grio'n orffwyll. '. . . a faint o bobl sy'n gwbod am 'ych hwyl chi ta, e? Faint o bobl sy 'di bod yn chwerthin am fy mhen i, ac yn meddwl bo chdi'n uffarn o stỳd wedi llwyddo i gael dy ffordd dy hun efo fi – uffarn o hwyl yndê! A dwi'm yn cofio cael rhyw efo chdi hyd yn oed – dwi'n cofio ddiawl o'm byd am y blydi noson . . .'

'Be ti'n feddwl, ti ddim yn cofio dim am y noson? Ti'n trio deud wrtha i ned wyt ti'n cofio'r noson ffantastig 'na gafon ni yn y sioe?'

'Nacdw! Toeddwn i dan ddylanwad hud a lledrith y blydi John 'na?'

'Dim ond chydig o sbort oedd o i fod . . .'

'Dydi o ddim yn lot o sbort i'r babi bach 'ma sy'n gorfod dod i'r byd 'ma achos rhyw blydi bet a rhyw blydi jôc wirion, nac ydi?'

Ceisiodd Harri ei chofleidio.

'Paid ti â chyffwrdd yndda i'r ffycin-basdad-uffarn-diawl! Faint o bobl sy'n gwbod am hyn, Harri?'

'Dim ond rhyw hanner dwsin.'

'Hanner dwsin! Hanner ffycin dwsin yn ormod! Pwy, Harri, enwa nhw!' Roedd llais Mona wedi troi'n sgrech erbyn hyn.

'John, Wil, Tŷ Coch, Cadfarch a finne,' meddai'n dawel a phwyllog. 'Ac mi roedd 'ne un ferch yn gwbod hefyd,' ychwanegodd Harri'n betrusgar.

'Pwy?'

'Roedd Cadfarch wedi deud yn ddamweiniol wrth rywun.'

'Pwy, Harri?'

'Dwi'm yn gwbod ddylwn i ddeud . . .'

'Pwy, Harri? Jest duda wrtha i pwy ydi hi!'

'Glenys.' Roedd llais Harri wedi troi'n sibrwd.

'Hy!' Trawodd y geiriau Mona fel bwled. Eisteddodd yn fud ar y gwely, gan sylweddoli'n araf beth roedd Glenys wedi bod yn ceisio'i rhybuddio hi amdano y noson y bu hi farw. 'Hy! . . . ma popeth yn gneud synnwyr rŵan. "Paid â'i drysto fe, Mona" – dyna oedd y peth ola ddudodd Glenys wrtha i, ac mi odd hi'n mynd i ddeud y cyfan wrtha i yn y bore . . .'

'Mona . . .' Rhoddodd Harri ei fraich ar ei hysgwydd.

'Jest paid â chyffwrdd yna' i, Harri. Well i ti fynd at dy fêts! Ma'n siŵr bo nhw wrthi'n betio be fydd y babi 'ma rŵan – pa liw fydd o tybed, gwryw neu fenyw. Ond ma un peth yn syrt – dy fasdad bach di ydi o, Harri. Cer, rhag ofn i ti golli bet arall!'

'O Mona, paid â bod fel hyn, plîs. Dwi'n dy . . . wel

... dwi yn dy garu di ti'n gwbod, a dwi rioed wedi teimlo fel hyn am neb o'r blaen ...'

'Wel naddo, gobeithio. Ti'm 'di priodi neb o'r blaen naddo? Neu wyt ti? Duwadd, ella bo gen ti ddwy neu dair gwraig, am wn i.'

'Paid â bod yn wirion, Mona. Dwi'n meddwl me fi di'r dyn mwya lwcus ar y ddaear 'ma'n cel ti'n wraig i mi ...'

'Nos da, Harri! Dwi'n mynd i'r gwely – ar ben fy hun!'

'Ond Mona ....'

'Jest dos o'ma, Harri!'

* * *

Pan ddeffrodd Mona yn y bore roedd rhosyn coch ar y bwrdd wrth ochr y gwely efo nodyn wedi'i sgwennu ar gefn eu gwahoddiad priodas yn dweud 'Sori, Harri xx'.

Gorweddai Mona ar y gwely yn dal i wisgo'i ffrog briodas. Daeth cnoc ysgafn ar y drws.

'*Room service,*' meddai llais o'r tu allan.

'Ai hafynt ordyrd enithing,' gwaeddodd Mona'n bigog. Doedd gandd mo'r stumog i wynebu brecwast a doedd gandd ddim eisiau i neb weld ei bod yn dal yn ei ffrog briodas.

'Wyt ti'n eisiau goffi?'

Adnabu Mona'r llais.

Agorodd y drws.

'Ti'n eisiau goffi a brecwast bach?' gofynnodd Trudi yn annwyl a hambwrdd o ddanteithion o'r bar brecwast yn ei dwylo.

'O, Trudi fach. Am lanast,' meddai Mona a'r dagrau'n cymylu ei llygaid.

'Ti'n eisiau cwtsh, Mons,' meddai Trudi gan afael yn dynn yn Mona. 'Tyd, beth am gael goffi a brecwast bach neis yn y gwely mawr ffôr postyr 'na sy gen ti, a gwnawn ni cogio bo ni adre yn y Nyth Glyd, ie?'

Swatiodd y ddwy yn y gwely.

'Dyma'r tro dwytha fyddwn ni'n gneud hyn, Trud,' meddai Mona drwy ei dagrau. 'Be ddiawl dwi 'di neud, dwad? Blydi hel, dim ond chydig dros bum mis sy 'na ers oedd y tair ohonan ni, ti a Glenys a finna, yn cael brecwast a *goss* yn y gwely yn y Nyth Glyd, a drycha arna i erbyn heddiw. Dwi 'di 'gorfod' priodi rhyw ffycin twat oherwydd rhyw blydi bet a 'nhynged i yw ymgartrefu efo rhyw ffycin gwrach o fam-yng-nghyfraith a nyrfys rec o dad-yng-nghyfraith ar dwll tin o ffarm ym mhen draw'r byd . . .'

'Heb Marks yn agos yn nunlle . . .' ychwanegodd Trudi yn ysgafn. 'Dydi petha ddim mor drwg â hynna, Mona, cym on rŵan.'

'Ma pawb yn chwerthin ar 'y mhen i – jôc dwi i bawb, yndê? Be 'sa'n gallu bod yn waeth na hyn, Trudi?

'Ti dal yn fyw, yn dwyt ti, ac mae babi bach ti'n dal yn fyw, sy'n fwy na be 'sa Glenys yn gallu ddeud. Ma hôrmons ti'n chwara hafoc efo ti, Mona fach. Betia i di fydd petha'n well mewn diwrnod neu ddau.'

'Dydw i ddim yn y mŵd i fetio, diolch yn fawr,' meddai Mona'n bwdlyd.

''Nes i clywad am hynna neithiwr. Basa fi'n boncyrs

hefyd, ond dim bai Harri 'di o i gyd, Mona – y blydi John 'na 'di'r bai.'

'Mi sbadda i'r basdad-uffarn-diawl pan wela i o nesa,' sgyrnygodd Mona.

'Ma Harri'n teimlo'n rîli crap am y peth, sti. Nathon ni gael sgwrs hir neithiwr.'

'Mi ddylsa fo deimlo'n crap hefyd!'

'Na, Mona, mae o rîli, rîli'n teimlo'n crap . . .'

'Pam? Am 'i fod o wedi colli ugain punt?'

'Mona,' meddai Trudi'n dawel. 'Oedd o bron â crio, sti, wir yr rŵan. Odd 'na dagra yn 'i lygid o pan oedd o'n ddweud pa mor sori oedd o, a gymaint oedd o'n caru ti.'

'Be? Nath o ddeud hynna wrthat ti, neithiwr? Omaigod, faint mwy o bobl sy'n gwbod am hyn?'

'Dim ond Dens a finna. Mae o rîli yn caru ti, Mona, a titha'n caru fo'n dwyt ti? Paid â gadal i hen basdad fel John ddifetha popeth. Dyna'n union be mae o isio i digwydd. Ma bywyd yn rhy byr, Mona,' meddai Trudi'n ddifrifol, cyn ychwanegu'n dawel, 'Drycha be ddigwyddodd i fi a Jeff.'

O dipyn i beth daeth y syniad o faddeuant ychydig yn nes at galon Mona; wedi'r cyfan, pe bai hi'n hollol onest, mi roedd hi dros ei phen a'i chlustiau mewn cariad â Harri, ac roedd 'na fabi bach yn mynd i ddod i'r byd 'ma ymhen tua chwe mis. Eu babi bach nhw.

'Trud?'

'Be?'

'Ga i ddod i aros i'r Nyth Glyd ar benwythnosa?'

'Cei, siŵr iawn, Mona, a gnawn ni dal cael brecwast yn y gwely – os bydd 'na lle i ni i gyd, yndê,' meddai, gan roi ei llaw ar fol Mona.

'Omaigod! Omaigod! Mae o 'di symud. Deimlest ti hynna?'

'Do,' meddai Trudi â dagrau yn pigo'i llygaid.

'Dyna'r tro cynta iddo fo neu hi symud o'r blaen!' meddai Mona'n gyffrous.

'Ti'n eisiau i fi mynd i nôl Harri?'

'O . . . ie, wel . . . am wn i.'

Cododd Trudi a cherdded at y drws.

'Trudi,' meddai Mona.

'Be?'

'Diolch,'

'Am be?'

'Am bopeth – dwn i'm be faswn i 'di neud hebddach chdi'r misoedd dwytha 'ma, sti.' Roedd y dagrau'n dechrau llifo eto.

'Ti 'di gneud y peth iawn, Mona. Fydd popeth yn iawn, gei di weld. Rŵan, dwi'n fynd i nôl gŵr ti tra bo'r babi 'na'n gneud ei step êrobics!'

'Gŵr? Mai god, ma gynna i ŵr!' Swniai'r gair mor ddieithr.

Ymhen rhai munudau daeth Harri i'r stafell a golwg edifar ar ei wyneb, yn debyg iawn i gi defaid ar ôl iddo gael ffrae gan ei feistr. Cyn iddo gael cyfle i ddweud gair, galwodd Mona arno.

'Tyd yma, cwic. Rho dy law yn fan'na!' Ufuddhaodd yntau'n betrusgar, a theimlodd lwmpyn bach yn symud o dan ei law.

'Haia babi bech ni,' meddai a rhoddodd gusan i'w bol. 'Dwi'n sori, Mona, sori am bopeth . . .'

'Tynna di stynt fel'na unwaith eto ac mi fyddi di'n canu soprano weddill dy oes, ti'n dallt?'

'Dallt yn iawn, bòs.'

Yn y goflaid gynnes, gariadus i ddilyn y teimlodd Mona am y tro cynta ei bod hi wedi gwneud y dewis cywir.

*   *   *

Roedd byw efo 'Saliva' yn waith caled! Diolchai Mona fod ganddi ei gwaith i ddianc iddo. Roedd yr awyrgylch yn y tŷ yn annioddefol ar brydiau, a theimlai Mona fod agwedd Harri tuag ati'n wahanol yno hefyd. Feiddiai o ddim mo'i chusanu os oedd rhywun arall yn bresennol – doedd dangos teimlad ddim yn beth a arddelid yng Nghae Mawr. Âi pawb o gwmpas eu busnes yno fel pe baent ar bigau'r drain drwy'r amser rhag ofn iddynt dramgwyddo'r Frenhines Poer a Glafoer ei hun.

Diolch i'r nefoedd fod y tŷ yng Nghae Mawr yn un reit helaeth. Mynnodd Harri ei fod o a Mona'n cael y llofft bellaf a'r fwyaf yn y tŷ – yn ddigon pell o glyw ei rieni. Fe âi Mona ac yntau i'r gwely yn reit gynnar bob nos: Mona'n esgus ei bod yn flinedig iawn oherwydd ei chyflwr, a Harri'n mynd yn gwmni iddi. Yno y caent ymlacio a theimlo eu bod yn ŵr a gwraig go-iawn. Prynodd Harri soffa fach a theledu fel y gallent esgus mai eu tŷ bach nhw oedd eu llofft.

Ond, rasusas, roedd eisiau ysgwyd Saliva weithiau. Âi

allan o'i ffordd i fod yn anhylaw. Pethau bach sbeitlyd oedden nhw – ond pethau bach yn aml sy'n mynd ar nerfau rhywun fwyaf. Er enghraifft, tra oedd Mona yn yr ysgol, fe âi i'w llofft a mynd trwy'r fasged ddillad budron gan olchi dillad Harri yn unig, gan adael dillad Mona'n un swp ar y llawr. Fe yrrai hynny Mona o'i cho, nid yn unig am ei bod yn mynd trwy'r fasged ddillad, ond am ei bod yn amlwg yn busnesa yn y llofft hefyd. Ond un diwrnod, fe bechodd Saliva'n anfaddeuol. Pan ddaeth Mona adre o'r ysgol un diwrnod a mynd i'r llofft i newid, doedd dim golwg o Mistar Urdd yn nunlle. Anrheg gan ei thad oedd Mistar Urdd a bu ganddi er pan oedd yn blentyn. Fe âi gyda hi i bobman ac fe oroesodd fywyd coleg hyd yn oed, ond y diwrnod arbennig yma, er chwilio a chwilio, ni fedrai Mona ddod o hyd iddo.

'Dach chi'm 'di gweld Mistar Urdd yn nunlle, naddo?' mentrodd ofyn i Saliva.

'Be? O 'rhen dedi gwirion 'ne? Odd o'n edrych yn hen beth sgryffi braidd, felly mi losges i o efo'r rybish,' meddai'n ddidaro.

'Be! Lle mae o? Doedd gynnoch chi ddim hawl llosgi rhywbeth oedd yn perthyn i mi!'

'Hy! Does gynnoch chi ddim llawer o betha sy'n perthyn i chi yn y tŷ yma'n negoes madam. Ac mi fasa'n rheitiach i chi gofio hynny weithie. Oni bai am garedigrwydd Dei a finne, yn y gwter fydde'ch siort chi. Dyna lle ddyle chi fod hefyd – yn cymryd mantes o fachgen diniwed a'i orfodi o i'ch priodi chi. Pam ne fasach chi 'di cel gwared o'r bastard bech 'na dech chi 'di mynnu ddod i'r byd 'ma!'

'Os bydd o rwbath debyg i'w nain, mi gadwa i'r brych a'i daflu o! Lle mae Mistar Urdd?'

'Yn yr ardd oedd o,' meddai Harri oedd wedi bod yn gwrando ar y cyfan o'r drws y tu allan, 'ond mi achubes i o cyn iddo gel 'i losgi. Be odd haru'ch pen chi, Mam? Peidiwch chi â meiddio gneud peth fel'na eto, peidiwch â meiddio siarad fel'na efo Mona, a pheidiwch â meiddio mynd yn agos i'n llofft ni eto chwaith. Ydach chi'n duall?'

Edrychai Saliva arno'n gegrwth; doedd hi erioed wedi clywed ei mab yn siarad yn y fath fodd efo hi o'r blaen.

'A dyna i chi beth arall,' ychwanegodd Harri. 'Tase Mona 'di cel 'i ffordd, fase hi ddim wedi cario'r babi bech 'ma, nec wedi mhriodi i, ond dyna fo – me cariad yn concro popeth; ond be wyddoch chi am gariad, yndê? Dech chi'm yn gwbod ystyr y gair! A phwy dech chi i sôn am orfodi rhywun i briodi neb; dech chi'n uffernol o lwcus bo Dad 'di'ch sticio chi cyhyd . . .'

'Dyna ddigon!' Roedd Dei wedi dod i'r tŷ erbyn hyn. 'Dydi ffraeo ddim yn mynd i ddatrys dim. Sylvia, me'n rhaid i ti adel llonydd i'r ddau yma – peidio busnesa yn 'u pethe nhw, neu mi golli di nhwthe hefyd. Me 'na fabi bech yn dod i'n plith ni mewn mis ne ddau, a tydi'r tŷ 'ma ddim yn gartre hapus iawn i fagu neb ynddo fel me o.'

'Tyd, Mona, ewn ni allan am swper heno 'ma,' meddai Harri gan roi Mistar Urdd bach budr, ond eitha cyfan, yn ôl i Mona.

*   *   *

Pan ddychwelodd Mona a Harri y noson honno, roedd Saliva wrthi'n gweu siwmper fach las – i fabi.

'Argol!' sibrydodd Mona yng nghlust Harri, 'ydw i'n gweld petha?'

'Ella ned bachgen fydd o,' meddai Harri wrth ei fam.

'Hy! Well iddo fod. Me 'na ormod o ferched yn byw yn y tŷ 'ma'n barod!' meddai, gan ffustio'r gweill yn erbyn ei gilydd.

'O siwcs, dach chi 'di colli pwyth yn fan'na,' pwyntiodd Mona'n wawdlyd wrth gerdded heibio.

Roedd Mona'n rhan o'r teulu yma bellach, p'run ai oedd hynny'n ddymuniad gan Saliva ai peidio, a doedd Mona ddim yn mynd i gael ei thrin yn eilradd; fe fynnai gael ei thrin yn gyfartal fel pawb arall a drigai yn y tŷ. Os oedd y ddynas hon eisiau rhyfel, meddyliodd Mona, mi gâi hi ryfel.

PENNOD 7

'Wa! Wa! Wa!'

'Would Daddy like to cut the cord?' gofynnodd y fydwraig.

'Dadi? Aim going to haf trybl geting iwsd tw bi-ing côld e dad,' meddai Harri, dan wenu'n falch.

'Us ut e boi dden?' gofynnodd Mona'n ddryslyd.

'No, it's a beautiful baby girl.'

'Wel, wot's ddat thing ddêr dden?'

'That's the cord, dear. Daddy's going to cut it now, aren't you, Daddy?'

'Pwy ffwc 'di'r 'dadi' 'ma?' gofynnodd Mona oedd yn dal yn feddw dan effaith y nwy.

'Wel, y fi, debyg,' meddai Harri a'i wên fel pont ben i waered, 'a ti 'di Mami. Duwedd, ddus cord is feri strong,' meddai gan stryffaglio i dorri'r wythïen dew a gysylltai'r babi â Mona.

'Yes, it's amazing isn't it. There you go. You can give the baby to Mummy now.'

'Ych-a-fi, it's cyfyrd in blyd. Cant iŵ wosh it ffyrst?' meddai Mona gan edrych ar y lwmp gwaedlyd oedd i fod yn 'biwtiffwl bebi gyrl'. Pam fod pob bydwraig yn galw'r babis yn biwtiffwl, pan oedd hi'n amlwg i bawb eu bod nhw mor uffernol o hyll, meddyliodd Mona.

'O ffycin hel, mae'n edrych yn flin, fath â dy fam!' meddai, gan edrych ar ei merch.

'Paid â rhegi o flaen y babi,' meddai Harri yn dadol i

gyd. 'Ai myst apolojais for mai waif's swêring. It's not laic hyr tw swêr at ôl, iŵ nô.'

'Ma dy drwyn di'n tyfu!' meddai Mona.

'Oh, it's nothing compared to what some of them say, dear,' meddai'r fydwraig. *'Can I just weigh her and measure her quickly. Then perhaps Mummy would like to feed her?'*

Pwyswyd y fechan.

'Nine pounds, thirteen ounces,' cyhoeddodd y fydwraig.

'Duwedd, reit dde rŵan. Us ddat abawt afrej us it?'

'It's way above average, I'd say!'

'Hei, glywest ti hynna. Den ni abyf afrej.'

'Paid ti â dechra bod yn gystadleuol, mêt. Wen symbodi told mi ddat gifing byrth was jyst laic shitting e melon, ai didnt bilîf ddem,' meddai Mona, 'byt it's blydi wyrs. Aif nacyrd mai ffani ffor laiff!'

'Mona! Paid â bod mor fylgyr, lodes!'

'It'll soon heal up, dear,' meddai'r fydwraig, dan wenu. *'Now then, let's see if we can get this baby to suck. Have you thought of a name yet?'*

'Ies, it's Esyllt Ebrill,' meddai Mona.

'Oh, goodness, I won't even try to pronounce that one.'

'Ers pryd me hi'n Ebrill?' gofynnodd Harri.

'Ers rŵan,' meddai Mona. 'Mae hi'n dal yn fis Ebrill yn tydi?'

'Ydi, ond . . .'

'Dim "ond" washi, ma hynny'n swnio'n well na Esyllt Sylvia yn tydi?'

'Wel, dwn i'm wir, ella 'sa Mam yn licio hynny.'

'Geith dy fam ista ar 'i bawd a sbinio, washi. Esyllt Ebrill fach wyt ti 'ndê?' meddai Mona gan ddechrau dod i arfer efo'r syniad ei bod yn fam. 'Haia gorjysporjys,' meddai wrth Esyllt oedd wedi cael ei sychu'n weddol erbyn hyn.

'Me 'na rwbath yn reit ciwt ynddi 'ndoes?' meddai Harri, a oedd wedi mopio'n lân. 'Me'n wyrthiol dy fod ti yma o gwbl, yn tydi, blodyn tatws. Drycha ar y bysedd bech 'ma. Me hi mor berffaith – fatha'i mem,' meddai'n hanner cellwair.

'Wel ia, tad! Ti'n mynd i fod yn dipyn o wariar yn dwyt ti pwt, wyt tad!'

Bu'r fydwraig a Mona'n ymbalfalu i geisio bwydo Esyllt ar y fron tra oedd Harri'n ffonio'r rhestr o deulu a chyfeillion i rannu'r newyddion da.

Pan ddaeth Harri yn ei ôl roedd Mona ac Esyllt yn cysgu'n drwm. Gwenodd – fo oedd y dyn hapusa ar y ddaear.

*   *   *

'Pam na alwch chi hi'n Siân neu'n Hannah?' oedd sylw Saliva, a oedd prin yn gallu edrych ar Esyllt heb sôn am ei chyffwrdd. 'Me Esyllt yn enw anodd iawn i Saeson 'i ddeud.'

'Toedd sut y byddai Saeson yn ynganu'i henw ddim yn ystyriaeth,' meddai Mona. Blydi hel, pam na fedrai hon fod yn hapus am un eiliad yn ei bywyd? Yna, sylwodd Mona fod deigryn yn llygaid Saliva ac roedd y tristwch dwfn yna wedi dychwelyd iddyn nhw eto.

'Dach chi isio gafael ynddi?' gofynnodd Mona, gan geisio rhannu ei hapusrwydd.

'Negoes diolch,' meddai Saliva'n siarp.

'Geith hi ddod at Taid, 'te,' meddai Dei, a oedd wedi bod yn dawnsio o amgylch y gwely yn yr ysbyty ers iddyn nhw gyrraedd.

'Steddwch wir dduw, Dad,' meddai Harri, 'rhag ofn i chi gwympo Esyllt fech ni, ynde Mons,' meddai gan roi cusan i Mona – o flaen ei fam am unwaith! Trosglwyddodd Esyllt o fynwes Mona i freichiau crynedig Dei a oedd erbyn hyn yn eistedd yn stiff fel robot ar y gadair freichiau.

'Helô, Esyllt fech. Taid dw i, cofia. Ie'n 'ted, a den ni'n dau fech yn mynd i gael anferth o hwyl, yn dyden ni? Den ni'n mynd i fod yn ffrindie mawr, yn dyden ni, e?'

Edrychodd Esyllt yn syn ar Taid, cydiodd yntau yn ei llaw fach. 'Diawch, me 'na ddwylo cryfion ar hon, yn does Esyllt fech, mi fyddi di'n helpu Taid i ddipio'r defed 'na'n reit fuan, yn byddi di, ac yn ciarthu'r cytie 'na.' Trodd at y lleill a gwên yn llenwi'i wyneb bach balch, 'Welwch chi'r dwylo cryfion 'ma – dwylo fel rhawie arni'n does?'

Doedd Mona ddim yn rhy hoff o'r gymhariaeth, ond ta waeth, roedd yn braf gweld Taid wedi dotio cymaint.

'Dydi ffermio ddim yn waith i ferch,' oedd ymateb Saliva. 'Ella y cewch chi fachgen y tro nesa.'

'Tro nesa, wir!' meddai Harri. 'Den ni'm 'di dod i arfer efo hon eto, heb sôn am gel un arall.'

'Ond mi fydd yn rhaid i chi gel etifedd, yn bydd?' meddai Saliva drachefn.

'Mam!'

'Pam fod yn rhaid cael bachgen i fod yn etifedd?' meddai Mona yn methu credu fod hon mor hen-ffasiwn, 'a beth bynnag, ella y cawn ni lond tŷ o ferched, be newch chi wedyn?'

'Symud!' meddai Saliva'n siarp.

Ceisiodd Mona beidio â gwenu, ond roedd y syniad yn apelio'n fawr!

*   *   *

Bu'r tri mis cyntaf o fywyd Esyllt yn uffern i Mona. Os nad oedd hi'n sgrechian crio, roedd ar y fron yn ddibaid.

'Colic,' meddai'r ymwelydd iechyd gan ei sichrau y byddai'n gwella'n fuan. Roedd Mona'n benderfynol o gario ymlaen i'w bwydo ar y fron, er gwaetha awgrym beunyddiol Saliva iddi 'roi potel i gau'i cheg hi'.

Teimlai Mona'n unig iawn ar brydiau, gan ei bod hi'n gyfnod prysur iawn ar y fferm ac roedd adegau pan weithiai Harri ar y mynydd o fore gwyn tan nos. Âi sylwadau pigog Saliva ar ei nerfau'n llwyr, yn enwedig ar y dyddiau hir hynny, pan mai dim ond y nhw eu dwy oedd yno, a Mona'n ceisio magu Esyllt. Dim ots beth wnâi Mona, fe awgrymai Saliva ei bod yn ei wneud mewn ffordd wahanol a'r frawddeg 'fel hyn y byddwn ni'n arfer neud erstalwm, ond dyna ni, dydech chi ferched ifanc ddim yn gwybod 'ych geni'. Ambell ddiwrnod, arhosai Mona yn ei llofft yn gwylio'r teledu a bwydo Esyllt ar y fron ar yr un pryd, gan fynd i lawr i nôl powlenaid o gornfflêcs iddi'i hun i ginio. Ni fyddai

Saliva'n gwneud cinio oni bai fod y dynion o gwmpas. Dim ots faint y ceisiai Mona yrru ymlaen â'i mam-yng-nghyfraith, doedd dim yn tycio; roedd fel petai wedi adeiladu wal rhyngddi hi a phawb, fel petai ganddi ofn bod yn gyfeillgar â neb. Ond ofn beth?

Penderfynodd Mona fod yn rhaid iddi hi geisio tynnu'r wal i lawr, er ei mwyn hi ei hunan a phawb arall. Bu'n wythnosau ers iddi fynd i'r dref ddiwethaf – teimlai ei bod yn ormod o drafferth i fynd ag Esyllt efo hi, yn bram ac yn napis a'r holl gybôl. Edrychodd Mona arni ei hun yn y drych. Roedd golwg y fall arni, ac roedd ei gwallt wironeddol angen ei dorri. Byddai'n rhaid iddi fynd i'w dorri'n fuan; fe wnaethai hynny les iddi, a chodi ei chalon yr un pryd. Ond beth wnâi hi efo Esyllt? A feiddiai hi ofyn i Nain ei gwarchod? Na, gwell peidio, yn enwedig pe bai'n dechrau crio ac angen ei bwydo. Cafodd syniad arall. Aeth i lawr y grisiau yn dawel tra oedd Esyllt yn cysgu'n ddel yn ei chrud a cherdded yn dawel i mewn i'r gegin orau. Eisteddai Saliva a'i chefn tuag ati gan edrych ar luniau a gedwid mewn bocs sgidiau bach ganddi. Yn ôl y ffordd yr ysgydwai ei hysgwyddau, roedd yn amlwg ei bod yn crio'n dawel wrth edrych ar y lluniau. Wyddai Mona ddim beth i'w wneud – roedd hi'n amlwg nad oedd Saliva wedi ei chlywed yn dod i lawr y grisiau, a doedd Mona ddim am iddi feddwl ei bod hi'n cripian ar hyd y lle ac yn ei gwylio'n slei bach, felly aeth Mona'n ôl i fyny'r grisiau'n dawel bach a dod i lawr yn ei hôl eto gan esgus pesychu a gwneud twr o sŵn a mynd draw at y sinc yn y gegin i olchi llestri.

Clywodd Mona Saliva yn ymaflyd efo'i lluniau ac, yn amlwg o'r sŵn, roedd hi'n eu cadw'n ôl yn y bocs. Daeth drwodd i'r gegin a pharhaodd Mona i olchi'r llestri heb edrych arni.

'Dwi awydd picio i'r dre i dorri ngwallt. Fasach chi'n licio dod am dro?' mentrodd Mona.

Sniffiodd Saliva. Trodd Mona i edrych arni. Roedd ôl crio ar ei llygaid.

'Dwn i'm be dwi isie, wir,' meddai'n isel gan eistedd yn y gadair freichiau wrth y Rayburn. Roedd golwg wedi llwyr ymlâdd arni, fel pe bai pwysau'r byd arni.

'Be sy, Mrs Fôn?' meddai Mona gan deimlo'n flin drosti am unwaith.

'Popeth,' meddai a dechrau crio eto.

'Dach chi isio deud wrtha i be sy'n bod?' mentrodd Mona ei holi.

'Ne, mi basith, me o wastad yn pasio. Dwi'n cel rhyw bylie o iselder bob yn hyn a hyn,' meddai gan sychu ei llygaid. 'Bob mis Gorffennaf a mis Chwefror fel arfer.'

'Pam?'

'O, dim ots, dech chi'm isio gwbod, Mona fech, me'n stori rhy hir a chymhleth . . .' Dyna'r tro cynta iddi gyfeirio at Mona fel 'Mona fech'.

'Mrs Fôn . . .'

'Galwch fi'n Sylvia,' meddai gan ysgwyd ei phen. 'Dwi 'di blino codi muriau, dwi 'di blino bod yn sur . . .' ochneidiodd yn ddyfn.

'Dwi'n gwbod bod fy nghael i yma i fyw wedi bod yn anodd iawn i chi, Mrs Fôn . . .'

'Sylvia.'

'Sylvia,' canolbwyntiodd Mona ar gael ei henw'n gywir. 'Y peth ola on i isio oedd bod yn y sefyllfa dwi ynddo fo, wir i chi. Tasa rhywun wedi deud wrtha i flwyddyn yn ôl y baswn i'n briod ac yn fam heddiw, faswn i byth wedi'u coelio nhw. A bob tro dwi'n edrych ar Esyllt fach yn cysgu mor dawel ei byd dwi'n teimlo mor euog.'

'Pam?'

'Wel, doeddwn i ddim am orfodi Harri i mhriodi i, a doeddwn i ddim yn meddwl y baswn i'n gallu ymdopi efo'i magu hi ar fy mhen fy hun, felly . . . wel . . .' Ni fedrai Mona orffen ei brawddeg.

'Doeddech chi rioed am . . .?' gofynnodd Sylvia mewn braw.

'Wel pa ddewis arall oedd gen i? On i wedi cyrraedd pen fy nhennyn! Do'n i'm yn gwbod lle i droi!'

Bu ennyd o dawelwch annifyr cyn i Sylvia ddweud yn araf a phwyllog, 'Dwi'n credu i chi neud y dewis cywir. Dech chi'n lwcus iawn bo gynnoch chi ferch fech iech . . .'

A oedd craciau'n dechrau ffurfio ar y mur? Fel yr oedd Mona'n teimlo ei bod hi ar fin torri drwodd at Sylvia, dechreuodd Esyllt nadu.

'Pam ne rowch chi ddymi i honne,' meddai Sylvia'n ddiamynedd, 'me sŵn babis bech yn crio yn mynd trwyddo i!'

Na, roedd y mur yn reit sownd, meddyliodd Mona, wrth redeg i fyny'r grisiau at Esyllt.

*   *   *

Mewn pwl o iselder a hiraeth, penderfynodd Mona fynd adre at ei mam am bythefnos i gael newid ei meddwl am ychydig. O leia fe allai ymddiried yn ei mam i warchod Esyllt tra âi hi i dorri ei gwallt.

Pam na fyddai Mona wedi meddwl mynd at ei mam yn amlach? Roedd y croeso twymgalon, y bwyd bendigedig, a'r teimlad o fod yn hollol ddiogel, yn gymaint o gysur iddi. Fe wnâi ei mam unrhyw beth iddi – ond dod i aros i Gae Mawr.

'Biti na fasa gynnoch chi le i chi'ch hunan,' meddai. 'Mi faswn i'n gallu dod draw yn amlach i fod yn gefn i chdi. Baswn tad. Ond dwi'm yn licio meddwl dod atoch chi i aros, mi faswn i'n teimlo o'r ffordd, efo'i rieni o'n byw yno a phopeth.'

'Mam fach, fel 'na dwi'n teimlo o hyd,' meddai Mona, a dagrau'n llenwi ei llygaid. 'Dwi'n teimlo mod i yno ar eu trugaredd nhw, bo fi o'r ffordd, bo bopeth dwi'n neud yn rong . . .' Beichiodd wylo ym mynwes ei mam fel merch fach eto. 'Yr unig beth sy'n fy nghadw i fynd ydi mod i'n mynd yn ôl i'r gwaith fis Medi. Er, dwn i'm sut y bydda i'n gallu gadael Esyllt fach chwaith.'

'Nei di ddim gofyn i fam Harri ei gwarchod hi, gobeithio?' gofynnodd ei mam yn ofidus.

'Wel, na wna, siŵr dduw. Be dach chi'n feddwl ydw i, dwch? Tydi hi rioed wedi gafael yn Esyllt hyd yn oed, heb sôn am ei gwarchod hi.'

'Ma 'na ryw goll ar honna, sut alla hi ddim dotio at Esyllt fach ni, yndê 'mach i? Mi fasa Nain Sir Fôn yn gallu dy fyta di'n basa,' meddai, a chafodd glamp o wên gan Esyllt.

'Oooo!' meddai'r ddwy fam efo'i gilydd.

Cafodd Mona amser wrth ei bodd ym Môn. Bu'n torri'i gwallt, prynu dillad newydd, ymweld â'r teulu a ffrindiau – a theimlo mor falch wrth glywed pawb wedi mopio efo Esyllt. Welai hi ddim bai arnyn nhw – on'd oedd hi'r babi dela grëwyd erioed?

Daeth ei phythefnos ym mharadwys i ben ac roedd meddwl am fynd yn ôl i oerni a gwacter Cae Mawr yn codi'r felan arni.

'Elli di ddod yn ôl rywbryd lici di, cofia, Mona fach. Ti'n gwybod fod 'na groeso i ti yma unrhyw amser. Oes, tad.'

Bu Mona'n ymladd â'i dagrau wrth gofleidio'i mam cyn ymadael. Roedd yn rhaid iddi fynd yn ôl at Harri. Gwenodd wrth feddwl amdano, ond cofiodd am y pecyn cyflawn oedd yn ei haros. Wrth yrru'n ôl penderfynodd y byddai'n mynd i aros at ei mam am bythefnos bob pythefnos; o leia byddai hynny'n rhywbeth i edrych ymlaen ato ac yn ei chadw i fynd tra oedd yng Nghae Mawr. Daeth i benderfyniad arall hefyd, gan mai dim ond deufis oedd 'na tan y byddai hi'n ôl yn y gwaith: roedd hi'n amser iddi hi, 'Miss fech', fel y galwai Harri Esyllt weithiau, gael potel!

*   *   *

Doedd Mona ddim wedi'i pharatoi ei hun at yr olygfa a'i hwynebai pan aeth yn ôl i Gae Mawr.

'Helô-ô!' gwaeddodd wrth stryffaglu i gario Esyllt yn ei chadair car yn un llaw, a'i bag dillad yn y llall.

'Helô-ô!' gwaeddodd eto. Swniai ei llais yn wahanol, fel pe bai'n adleisio drwy'r tŷ.

'O's 'ma bobol . . .' edrychodd o'i chwmpas yn y gegin – roedd y lle'n wag – yn hollol wag! Roedd y rhan fwyaf o'r dodrefn wedi diflannu, yr hen ddreser, y bwrdd mawr yn y gegin orau, y soffa, y setl – popeth ond rhyw fân gadeiriau a byrddau bach a'r ddesg.

'Harri! Harri!' gwaeddodd. Mae'n rhaid bod rhywun wedi torri i mewn!

Rhedodd i fyny'r grisiau i'w llofft. Gwthiodd y drws yn araf gan ofni'r hyn a welai, ond roedd popeth fel yr arferai fod yno. Roedd y gwely, y soffa a'r teledu yn eu lle. Agorodd ddrws y cwpwrdd dillad. Roedd popeth fel y dylai fod yno hefyd. Cerddodd trwy weddill y llofftydd. Gwag, pob un.

Clywodd sŵn cerdded yn y gegin orau. Efallai fod y lladron yn dal yno! O na! Roedd Mona wedi gadael Esyllt yn cysgu yn ei chadair car yn y gegin fwyta. Rhedodd i lawr y grisiau. Doedd dim golwg o Esyllt yn unlle – roedd ei chadair fach yn wag. Â phanig yn ei chalon rhedodd Mona o gwmpas y tŷ fel iâr wedi colli'i phen, 'Esyllt! Esyllt! Ble rwyt ti Esyllt fach? Esyllt!' sgrechiodd.

'Shhh! Paid â'i deffro hi,' meddai Harri, a oedd yn cofleidio Esyllt yn ei fynwes. 'Uffern ole, be ti'n drio'i neud – deffro'r meirw?'

Ochneidiodd Mona; teimlai ei chalon yn curo fel morthwyl yn ei gwddf, a'i dwylo'n crynu.

'On i'n meddwl fod y lladron dal yma! On i'n meddwl 'u bod nhw wedi dwyn Esyllt!'

Gafaelodd yn dynn yn Esyllt a chusanu ei gwallt, 'O, diolch i Dduw bo ti'n iawn, Esyllt fach.'

'Be sy'n bod arnat ti, los?' gofynnodd Harri. 'Be ti'n fwydro am ladron?'

'Wel y lladron sy wedi bod yn dwyn popeth yma 'ndê, y blydi ffŵl gwirion. Blydi hel, wyt ti'n ddall ta be?'

Dechreuodd Harri chwerthin. 'Wps, Mona druan. On i'n meddwl y basa fo'n sypreis neis i ti pan fasat ti'n dod adre o Sir Fôn,' dechreuodd egluro.

'Diawl o sypreis!' meddai Mona'n flin.

'Me Dad a Mam wedi prynu byngalo bech yn y dre. Mi symudon nhw ddoe. Felly, Mona, ti ydi'r unig Mrs Fôn sy'n byw yn y tŷ 'ma rŵan,' meddai, gan ei chofleidio.

Safodd Mona'n syfrdan, 'Pam ddiawl na faset ti wedi deud wrtha i ynghynt?'

'Fasa fo ddim wedi bod yn sypreis wedyn, yn ne f'sa?'

'Basdad-uffarn-diawl!'

Fe gymerodd rai munudau i eiriau Harri dreiddio, yna gwenodd Mona.

'Pryd nathon nhw benderfynu hynny?' Roedd Mona'n gwestiynau i gyd.

'Me'n debyg fod Mam eisiau symud ers tro, cyn i chdi ddod ar y sîn hyd yn oed, gormod o atgofion yma medde hi. Ond dwi'n meddwl me'n cel ni yma – chdi ac Esyllt fech – wnaeth iddi benderfynu mor sydyn pan welodd hi'r byngalo arbennig 'ma ar werth yn y dre,' eglurodd Harri.

'Dwi'm yn licio meddwl 'yn bod ni wedi'i hel hi o'ma, chwaith,' meddai Mona.

'Pam ti'n gwenu ta?'

'Waw! Ma gynnon ni'r lle i ni'n hunan – o'r diwedd. Hei! Rhaid i ni gael panad i ddathlu. W! Alla i gael Mam yma i aros, a Trudi a Dens am benwythnosa, a phartis Nadolig . . . O na!'

'Be sy?'

'Do's 'na'm llestri yma. Ma'r blydi wrach wedi mynd â phob llestryn efo hi. W, hei! Mi alla i ddefnyddio'r llestri gathon ni'n bresanta priodas rŵan.' Roedd Mona wedi gwirioni'n lân.

'Me 'na dipyn o waith gwario ar y lle 'ma,' meddai Harri. 'Rhaid i ni neud rhestr o bethe sydd 'u hangen – yn ddodrefn, llestri, sosbanne ac yn y blaen, a weth i ni gel gwres canolog drwy'r tŷ a chegin newydd tra bo ni wrthi.'

Bu'r ddau'n canu grwndi drwy'r nos gan dynnu rhestr ar ôl rhestr o bethau i'w gwneud a'u prynu.

'Pryd ma nhw'n dod i nôl y ddesg 'na?' gofynnodd Mona.

'Dyden nhw ddim. Me honna i aros yma. Dwi'm yn meddwl 'u bo nhw wedi'i gwagio hi chwaith,' meddai Harri gan chwilio am y goriad oedd wedi ei guddio o dan droed chwith y ddesg. 'Me'r ddesg 'ma'n sanctaidd. On i'n cel 'yn siarsio i beidio mynd yn agos ati am fod 'na bapure pwysig ynddi pan on i'n hen gog bech, meddai Harri.'

Agorodd y ddesg yn bwyllog. Ynddi roedd gwahanol filiau, ffeiliau am wahanol anifeiliaid y fferm, mapiau o'r fferm, tystysgrifau yswiriant, a bocs bach sgidie.

Gafaelodd Mona ynddo a'i agor. O'i mewn roedd lluniau bach du a gwyn o fabis bach.

'Ti 'di'r rhain?' gofynnodd i Harri.

'Ie ynta,' meddai'n ddidaro.

'Fasa dy fam wedi dy wisgo di mewn ffrog fach?' Edrychodd Mona'n amheus ar y llun a gwelodd fod rhywbeth wedi'i sgwennu ar ei gefn. 'Esyllt Haf, diwrnod oed, Gorffennaf 5ed 1970.'

'Pwy 'di hon?' gofynnodd Mona.

'Duwedd,' sgen i'm clem,' meddai Harri'n ddryslyd, gan edrych ar lun o fabi arall gyda 'Marian Wyn, diwrnod oed, Chwefror 1972' ar y cefn.

'Pryd gest ti dy eni, dwad?' gofynnodd Mona.

'Pryd hefyd? Ti'n deud ned wyt ti'n cofio mhenblwydd i? Ionawr y pumed, 1968.'

Wrth edrych trwy weddill y bocs daethant o hyd i dystysgrifau geni a thystysgrifau marwolaeth y merched bach. Enwau eu rhieni oedd Dafydd a Sylvia Fôn.

'Blydi hel, pam ddiawl ne fasen nhw 'di deud rhwbeth wrtha i?' meddai Harri'n ddryslyd. 'Mam druan, do's ryfedd 'i bod hi wedi methu ymdopi efo chdi ac Esyllt yma.'

'Meddylia be ma'r graduras wedi bod trwyddo fo.' Teimlai Mona'n uffernol. 'Do's ryfadd 'i bod hi isio i ni newid enw Esyllt.'

'Dodd gen i'm clem,' meddai Harri'n dawel. 'Uffern dwll, 'sa ti'n meddwl y basa hi 'di gellu deud rwbath wrtha i'n basat – bo gen i ddwy chwaer fech.'

'Ond does gen ti ddim, nagoes Harri. Bu'r petha bach farw'n ddiwrnod oed yn ôl y tystysgrifa 'ma,' meddai Mona yn addfwyn, wrth edrych ar dystysgrifau marwolaeth y ddwy.

'Dwi'n gwbod hynna, ond mi ges i ddwy chwaer fech. Dydi'r ffaith 'u bod nhw wedi marw ddim yn golygu ned ydyn nhw wedi bodoli, hyd yn oed oes ne fuon nhw fyw'n hir iawn.'

Bu'r ddau'n astudio'r lluniau am rai munudau – roedd Marian yn debyg iawn i'w Esyllt fach nhw.

'Hy,' meddai Harri gan sylweddoli rhywbeth arall, 'me popeth yn gneud sens rŵan. Do's ryfadd fod Mam yn casáu Lisa.'

'Pwy 'di Lisa?'

'Hen ffrind dwi'n ei galw hi.'

'Y flonden 'na dwi wedi'i gweld efo ti yn y landrofer ambell waith?'

'Ie, on i'n arfer mynd allan efo hi pan on i'n iau – dim byd siriys, ond pan ffendiodd Mam allan 'eth hi'n boncyrs. Dyna sut ffendies i allan bo gen i hanner chwaer.'

'Be?'

'Mi gafodd Dad affêr – ac yn ôl y dyddiade ar y llunie yma, rhai misoedd ar ôl i'r ail ferch gel ei geni oedd hynny. Mi fase Marian chydig yn hŷn na Lisa rŵan. Dwi'm yn cofio dim am unrhyw un o'r babis na'r affêr. Dwi jest yn cofio gweld Mam yn crio lot ac yn pellhau, fel pe bai ganddi ofn dangos na rhannu ei chariad rhag ofn iddo gael ei gymryd oddi arni eto.'

Gafaelodd Harri'n dynn yn Esyllt a'i chusanu'n ysgafn ar ei thalcen gan gau ei lygaid.

'Ti'n werth y byd, cariad bech. Ti'n werth y byd.'

PENNOD 8

'Esyllt, Dwynwen, Swyn! Dannadd, sgidia, cotia! Mi fydd y tacsi ar y ffalt mewn pum munud!' gwaeddodd Mona yng ngwaelod y grisiau ar ei phlant.

Rhedodd y tair i lawr yn llawn ffws a ffwdan.

'Mam, dydi Esyllt ddim 'di golchi'i dannedd yn ddeche!' prepiodd Dwynwen.

'Do, ddim! Nest ti ddim golchi dy ddwylo ar ôl bod yn pî-pî!' mynnodd Esyllt.

'Dwi methu cau'n sgidie,' meddai Swyn gan edrych yn ofidus efo'i llygaid llo bach ar ei mam.

'Llai o gecru plîs, chi'ch dwy. Ydi'ch pres cinio efo chi?' gofynnodd Mona wrth gau sgidiau Swyn a sychu olion Coco-pops oddi ar ei hwyneb.

'Yndyn, Mam,' meddai'r ddwy fel deuawd.

'Ffrwyth amser chwara?'

'W, na,' sgrialodd y ddwy am y fowlen ffrwythau i fachu'r unig fanana oedd yno. Brwydr! Sgrechian! Tynnu gwallt.

'Dyna ddigon!' gwaeddodd Mona'n flin. 'Os dach chi'n mynd i ffraeo am damed o fanana, gewch chi afal bob un, ac mi gaiff Swyn y fanana.'

'Dwi'm yn licio banana,' meddai Swyn.

'Reit, afal i bawb a dim ffraeo!' mynnodd Mona gan stwffio afal yr un i ddwylo'r tair.

'Rŵan ta, cofiwch chi edrych ar ôl Swyn i Mam heddiw. Esyllt a Dwynwen, ydach chi'n gwrando?'

Nodio brwd.

'Swyn, cariad, wyt ti wedi bod yn pî-pî, golchi dwylo a golchi dannedd?'

'Do, Mam.'

'Reit, cofia di ddeud yn 'rysgol os ti isio mynd i'r toilet, ocê? A chofia ddeud yn ddigon buan, ddim aros nes mae dy nics di'n 'lyb, iawn? A chofia wneud fel y bydd Mrs James yn ei ddeud wrtha ti, a phaid ag ateb yn ôl yn hyll – llaw i fyny bob tro, iawn?'

'Iawn, Mam. Sws a lwls, Mami,' meddai Swyn gan gofleidio ei mam. Byddai'r gair 'mami' yn cael ei ddefnyddio gan Swyn pan fyddai eisiau maldod.

'Sws a lwls, Esyllt a Dwynwen? W, dwi'n clywed sŵn y tacsi'n cyrraedd,' meddai Mona wrth gusanu a chofleidio'r ddwy arall yn sydyn.

'Caru ti hîps, Mam!' meddai'r tair, un ar ôl y llall, ac i ffwrdd â nhw fel rhesaid o hwyaid bach ar ôl eu mam am y buarth. Daeth Harri i'r golwg o un o'r siediau.

'Hei, beth am sws a lwls i Dad 'te?' meddai wrth ei ferched. Chwythodd Esyllt sws at ei thad – roedd hi bellach yn lodes fawr saith a hanner a doedd hi ddim am i'w ffrindiau ar y bws-mini ei gweld yn rhoi cusan i'w thad, wir! Rhedodd Dwynwen, a oedd yn chwech, at ei thad a rhoi cusan frysiog ar ei foch. Doedd ganddi ddim llawer o amser i ryw ffws fel'na; byddai wastad ar frys i fynd i'r ysgol ac yn hanner rhedeg i bobman – roedd 'na dipyn o'i thaid Cae Mawr ynddi! Rhedodd Swyn efo'i choesau bach byrion a neidio at ei thad a rhoi clamp o 'sws a lwls' iddo. Cariodd Harri hi i'r tacsi.

'Ti'n edrych yn smart yn dy wisg ysgol, twtsen,' meddai Harri wrthi, gan edrych arni yn ei sgert bletiog las tywyll a oedd braidd yn hir iddi, ei blowsen wen a'i chrys chwys glas golau.

'Dwi'n gwbod,' oedd ateb hyderus a gwên ffals Swyn.

Cronnai dagrau yn llygaid Mona wrth weld y cyw bach ola'n dechrau'r ysgol.

'Mi fydd hi'n iawn, Musus Fôn,' meddai Donald, gyrrwr y tacsi. ''Yn byddi di, Swyn fech. Mi drychith yr hen Donald ar dy ôl di.'

'A fi,' meddai Esyllt a Dwynwen un ar ôl y llall.

'Wela i chi heno 'ma, reit? Mi wna i glamp o gacen jiocled i chi i de,' meddai Mona.

'Hwrê!' meddai'r tair. Edrychai pennau cyrliog y merched mor fach wrth i'r bws-mini ddiflannu i lawr y ffordd.

Sychodd Mona ei dagrau. Gafaelodd Harri ynddi a'i chofleidio.

'Duwedd, mi fydd hi'n iawn, sti,' meddai Harri gan roi cusan ar foch Mona.

'Dwi'n gwbod hynny, ond mi fydd y lle 'ma mor wag hebddyn nhw.'

'Mmm, wel Mrs Fôn,' meddai Harri'n gariadus i gyd, 'me hyn yn achos dathlu. Dyma'r tro cynta ers ache, erioed am wn i, bo gynnon ni'r tŷ 'ma i gyd i ni'n hunen, dim plant o gwmpas i'n styrbio ni . . .' meddai Harri gan gusanu ei gwddf.

'Harri Fôn, dach chi'n ddyn drwg iawn,' meddai Mona gan ei lusgo ar ei hôl i'r tŷ.

* * *

Gwneud brecwast, clirio brecwast, bwydo'r lloi, carthu'r cytie, golchi llestri, golchi dillad, smwddio dillad, cadw dillad, gwneud cinio, clirio cinio, golchi llestri, gwneud te, clirio te, golchi llestri, darllen efo'r plant, gwaith cartref efo'r plant, gwneud swper, clirio swper, golchi llestri, bathio'r plant, sychu gwalltiau'r plant, darllen stori i'r plant, rhoi'r plant yn y gwely, canu i'r plant – haleliwia – diwrnod arferol arall Mona wedi dod i ben. Er nad oedd hi prin yn eistedd drwy'r dydd, roedd Mona'n dechrau diflasu ar undonedd ei bywyd. Nid dyma pam yr aeth hi i'r coleg am bedair blynedd.

Prin dri mis fu Mona'n ôl yn yr ysgol ar ôl cyfnod mamolaeth Esyllt – beryg eu bod wedi dathlu gormod ar ôl i Sylvia a Dei adael – gan iddi ddarganfod ei bod yn disgwyl yr wythnos gynta ar ôl dychwelyd i'r gwaith. Doedd ganddi ddim amynedd meddwl sut y byddai'n ymdopi efo gweithio a chario'r ddwy i'r feithrinfa, a pharatoi cinio y gallai Harri ei gynhesu yn y meicrodon (roedd o'n hollol ddi-glem yn y gegin) heb sôn am yr holl waith tŷ oedd ganddi i'w wneud. Felly, adre y bu hi nes i'r merched fynd i'r ysgol. Yr unig beth a'i rhwystrai rhag mynd yn ôl i weithio bellach oedd agwedd Harri tuag at y pwnc.

'Dos 'ne'r un wraig i mi'n gorfod mynd allan i weithio,' meddai'n gellweirus i ddechrau, ond o dipyn i beth, daeth yn amlwg ei fod o ddifri.

'Ond Harri, dwi'n bôrd *tit-less* yn y lle ma drwy'r dydd. Dwi'n gneud dim ond coginio, clirio, golchi a smwddio dillad a glanhau'r tŷ,' cyfaddefodd Mona rhyw fore.

'A sut ti'n meddwl y baset ti'n ymdopi taset ti'n gweithio? Mi fase'r gwaith dal yn dy aros di pan dduthe ti adre.'

'Ond mi 'laswn i gael rhywun i lanhau . . .'

'Rhywun i lanhau, wir!' torrodd Harri ar ei thraws, 'Cadw ci a chyfarth dy hun dwi'n galw peth fel'na!'

'Yn union!' Dechreuodd gwaed Mona ferwi. 'Tydw i ddim yn licio'r syniad 'ma mod i'n cael "fy nghadw" chwaith, na'r ffaith ma'r unig bres dwi'n gael ydi'r canpunt yr wythnos 'na ti'n roi yn fy nghyfri banc i.'

'Ti'n lwcus uffernol bo ti'n cel gymaint â hynny; duwedd, me hynny'n hen ddigon i ti.'

'Nacdi Harri, dydi o ddim. Erbyn i mi brynu bwyd, powdr golchi dillad a phopeth arall, does 'na fawr ddim yn sbâr, a dwi'n cadw hwnnw ar gyfer prynu sgidia neu ddillad i'r plant. Ti'm yn meddwl bo hi'n hen bryd i chdi a dy dad sortio busnes y fferm 'ma unwaith ac am byth?'

'Be ti'n feddwl?'

'Wel, ti sy'n ffarmio rŵan, yndê. Ond ma'r busnes yn dal yn enw dy dad am wn i, ydi o? Ti'm yn meddwl y basa'n well tasa dy dad yn trosglwyddo'r cyfan i chdi bellach? Dwi 'di darllen yn rhywle y basa'n well i rieni drosglwyddo'u heiddo i'w plant i osgoi talu treth etifeddiaeth neu rywbeth.'

'Ie, ti sy'n iawn debyg,' meddai Harri'n dawel. Roedd 'na wirionedd yn yr hyn a ddywedodd Mona wrtho, ond doedd ganddo mo'r galon i fynd i drafferthu ei dad ynglŷn â'r mater eto. Dim ond ychydig dros flwyddyn oedd wedi mynd heibio ers marwolaeth ei fam, a doedd ei dad heb ddod dros ei cholli hi eto. Rhyfeddodd Harri at ymateb Dei pan fu farw Sylvia. Roedd y creadur bach yn torri'i galon, a Harri'n methu â deall yn iawn, achos doedd yr un o'r ddau wedi dangos fawr o gariad at ei gilydd erioed. Bu farw Sylvia, yn ddynes chwerw a thrist, o ganser. Ni fedrodd faddau i Dei am gael perthynas â dynes arall ac am iddo gael merch fach o'r berthynas honno. Dyna'r boen yr oedd yn rhaid i Dei ei ddioddef weddill ei oes – nad oedd ei wraig am faddau iddo am yr hyn a wnaethai flynyddoedd yn ôl bellach, hyd yn oed ar ei gwely angau.

'Dwi'n gwbod nad ydi o'n beth braf i'w drafod Harri, ond ma'n rhaid iddo ddigwydd rywbryd, ac . . .' Oedodd Mona.

'Ie?'

'Wel, dwi'n meddwl y dylwn i fod yn bartner yn y busnes efo chdi,' mentrodd Mona.

'Chdi'n bartner?'

'Ia, be sy o'i le efo hynny? Dwi'n gneud 'yn siâr yma. Pam na cha i nghydnabod am hynny?'

'Dwn i'm. Doedd Mam ddim yn bartner . . .'

'A doedd dy fam ddim yn hapus chwaith! Ella mai dyna pam yr arhosodd hi yma ar ôl misdimanars dy dad – doedd ganddi hi ddim dewis ond aros. Heb geiniog i'w henw, i ble'r âi hi?'

'Wyt ti'n bwriadu ngadel i, ta be?' gofynnodd Harri'n amheus.

'Wel nachdw, siŵr Dduw. Ond fel mae hi, do's 'na'm byd yn dy rwystro di rhag fy hel i o'ma tasa chdi isio. Neu'n waeth byth, beth tasa 'na rwbath yn digwydd i chdi? Lle faswn i a'r merched yn sefyll wedyn? Mi fasa gen dy hanner chwaer "annwyl" fwy o hawl i'r lle 'ma na ni.' Ni fedrai Mona gymryd at Lisa, ac roedd dirmyg yn ei llais bob tro y cyfeiriai ati. Ni fedrai roi ei bys arno, ond roedd 'na rywbeth yn fawreddog o'i chwmpas, a mynnai Mona ei bod yn dal i fflyrtio efo Harri bob tro y'i gwelai. Hen gloman wirion iddi!

'Wel, ella bo gen ti bwynt, ac ella y dylwn i siarad efo Dad rywbryd.'

'Yn fuan,' gorffennodd Mona ei frawddeg, 'neu os na fydda i'n bartner yn y busnes 'ma erbyn diwedd y flwyddyn, mi fydd yn rhaid i mi fynd yn ôl i ddysgu, Harri.'

*   *   *

Bu Mona'n ffodus i gael swydd yn ei hen ysgol. Roedd y prifathro ifanc newydd, Mr Williams, yn dipyn o gês, ac roedd yr ysgol yn un hapus iawn – yn wahanol i sut yr arferai fod pan oedd Mr Evans y cyn-brifathro yn teyrnasu. Mae'n debyg fod hwnnw'n dipyn o hen gi ar y slei! I'r ysgol hon yr âi Esyllt, Dwynwen a Swyn. Gweithiai popeth fel wats. Fe ddeuai Taid i nôl y merched o'r ysgol, a chan fod y byngalo 'Cae Bech' o fewn tafliad carreg o'r ysgol, fe gerddai'r pedwar yno a chael andros o hwyl efo Taid. Roedd Taid Cae Mawr wrth ei fodd yn cael gwneud te bach i'r merched ar ôl ysgol, tra byddai Mona'n paratoi gwersi'r diwrnod canlynol. Roedd y merched yn rhoi modd i fyw i Dei druan, ac fe deimlai yntau ei fod o wirioneddol yn ddefnyddiol i Mona – roedd y ddau yn dipyn o fêts.

Fe âi Dei i Gae Mawr bob bore bron, i roi help llaw i Harri, cyn gwneud paned amser 'baet' i'r ddau. Yna fe gâi ginio yn y caffi bach yn y dre cyn mynd â'i bapur newydd adre i'w ddarllen yn y pnawn, ac yna paratoi te bach i'r merched erbyn y deuent yno ar ôl ysgol.

Doedd Harri, ar y llaw arall, ddim mor hapus am y sefyllfa ac roedd yn casáu gweld Mona'n mynd allan i weithio. Hiraethai amdani – toedd o wedi arfer ei gweld hi yn y tŷ bob pryd bwyd, a hwnnw yn barod ar y bwrdd iddo bob amser? Doedd pethau ddim yr un fath rŵan; roedd y tŷ'n oeraidd a di-groeso, a byddai Mona'n flin ac wedi llwyr ymlâdd pan ddeuai adref ar ôl diwrnod yn yr ysgol. Nid oedd Harri am wneud y sefyllfa'n hawdd iddi. Aeth Mona'n ôl i weithio yn erbyn ei ewyllys o, felly fe gâi hi weld a allai ymdopi, o câi. Roedd Harri'n reit filain efo'i dad am gytuno i warchod y merched ar ôl ysgol hefyd – roedd hynny'n gwneud pethau'n rhy hawdd i Mona. Ceisiai fod mor lletchwith â phosib a disgwyliai i Mona wneud yr un dyletswyddau ag y gwnâi hi pan nad oedd hi'n gweithio. Y canlyniad oedd fod Mona'n dal i wneud gwaith tŷ wedi deg o'r gloch y nos yn aml, a byddai mor flinedig wedi hynny fel y byddai'n mynd yn syth i'r gwely. Ni welai'r ddau fawr ddim ar ei gilydd.

'Me'n rhaid i bethe wella yma, Mona,' meddai Harri yn y gwely un noson.

'Wel, ti'n gwbod be 'di'r ateb,' meddai Mona.

'O, paid â dechre,' meddai Harri'n flin, gan droi ei gefn ati.

'Ond ti'n iawn, mae'n rhaid i betha wella yma. Taset

ti'n gneud dy siâr o gwmpas y tŷ 'ma weithia, mi fasa hynny'n uffarn o help. Dydi o'm yn gneud dim i wella'r sefyllfa fod holl lestri'r dydd yn aros amdana i pan ddo i adre i ddechra arni. Asy, elli di ddim golchi llestri weithia – neu eu rhoi nhw yn y sinc o leia!'

'Chdi sy wedi penderfynu mynd yn ôl i weithio . . .'

'Nage, Harri, ti sydd heb ddigon o asgwrn cefn i sortio busnes y ffarm 'ma efo dy dad!'

'Jest paid â nagio!'

'Paid ti a gweiddi arna i, y basdad-uffarn-diawl!'

Roedd blynyddoedd wedi mynd heibio ers i Mona weiddi'r geiriau yna ar Harri ddiwethaf. Oedd, roedd yn rhaid i bethau wella yng Nghae Mawr.

* * *

'Ma'r ddynes glanhau yn cyrraedd am ddeg, reit?' meddai Mona wrth adael y tŷ un bore.

'Pa ddynes glanhau?' gofynnodd Harri'n flin.

'Harri! Paid ag esgus nad wyt ti'n gwbod nac yn cofio. Mrs Williams o'r dre. Mae'n dod yma bob dydd Gwener o heddiw ymlaen ac mi fydd hi yma am ddeg. Dwi 'di gadael rhestr o bethau iddi'i gneud ar y bwrdd yn fan'na, efo'r siec iddi, iawn?'

Edrychodd Harri ar y siec. 'Ugain punt! Me hynny dros fil o bunne mewn blwyddyn . . .'

'Wel, 'y mhres i ydi o,' ysgyrnygodd Mona.

'A nhŷ i ydi o!' meddai Harri heb feddwl.

'Paid ti â meiddio towlu hynna yn 'y ngwyneb i, y basdad, neu mi gei di stwffio dy blydi tŷ i fyny dy din!'

'Sori!' gwaeddodd Harri; doedd o ddim wedi golygu dweud hynny wrthi.

'Reit, os ma dy dŷ di ydi o, mi gei di dalu am ei lanhau o!' meddai Mona gan rwygo'r siec a'i thaflu i'r bin. 'Blydi hel! Ti'n mynd yn debycach i dy fam bob dydd!' Rhoddodd Mona glep mor galed i'r drws nes cwympodd llun oedd ar silff gyfagos a malu'n deilchion ar y llawr. Cododd Harri'r llun a'r darnau o wydr oedd ar y llawr – llun o Mona ac yntau ar ddydd eu priodas oedd o.

Fe frifodd geiriau Mona Harri i'r byw. Ond y gwir amdani oedd ei fod o yn ei weld ei hun yn ymddwyn yn debyg i'w fam yn ddiweddar hefyd, ac yn sicr doedd o ddim eisiau wynebu gweddill ei oes yn chwerw a di-deimlad fel y gwnaethai hi. Oedd, roedd Harri wedi cyrraedd pen ei dennyn. Byddai'n rhaid iddo drafod y fferm efo'i dad, neu, fel yr oedd pethau ar y funud, nid dim ond y llun o'u priodas fyddai wedi chwalu.

*   *   *

'Www, am ogla da!' meddai Mona wrth fynd i mewn i'r tŷ y noson honno. Gwenodd; roedd y lle fel pin mewn papur. Pam nad oedd hi wedi meddwl am gael rhywun i lanhau iddi o'r blaen, hyd yn oed pan nad oedd yn dysgu? Mi fyddai wedi bod mor braf cael rhywun yno'n glanhau a smwddio unwaith yr wythnos. Moethusrwydd yn wir! Ond nid dim ond oglau da Flash a Pledge oedd yna, roedd oglau bwyd yn coginio hefyd. Edrychodd ar y Rayburn; roedd sosbanaid o datws, a sosbanaid o foron (wedi'u torri'n a'u pilio'n flêr ofnadwy) ar y stôf.

Agorodd ddrws y ffwrn, ac yno roedd caserol yn mudferwi (un o'i rhai hi o'r rhewgell oedd o, ond ta waeth, roedd rhywun wedi ei ddadrewi a'i roi yn y ffwrn). Roedd y llestri wedi'u golchi, ac roedd hyd yn oed y bwrdd wedi'i osod.

Rhedodd y merched i fyny'r grisiau i newid eu dillad ysgol tra astudiodd Mona'r llysiau.

Daeth Harri i mewn i'r tŷ mewn rhai munudau.

'Esgob, ma'r ddynas glanhau 'ma wedi gneud swper a phopeth i ni,' meddai Mona, oedd wedi llwyr anghofio'r geiriau cas a fu rhwng y ddau y bore hwnnw.

'Wel, nid hi neth y swper,' meddai Harri'n swil. 'Mi ofynnes iddi am gyngor ynglŷn â faint oedd popeth angen i'w goginio . . .' Edrychodd ar ei oriawr. 'Mi ddyle'r tatws a'r moron fod yn barod mewn tri munud, ac mi ddyle'r caserol fod wedi cnesu drwodd erbyn hyn hefyd,' meddai wrth fynd at y sinc i olchi ei ddwylo.

'O Harri, tyrd yma,' meddai Mona. 'Dwi'n sori, Harri, dwi jest yn blydi stryglo i ddal 'y mhen uwch ben y dŵr, sti.'

Cofleidiodd Harri hi am hir heb ddweud gair.

'Me'n rhaid i bethe wella 'ma, Mona, alla inne ddim cario mlaen fel den ni chwaith,' meddai Harri gan gusanu ei gwallt, ac yna cusanodd y ddau yn hir.

'Swyn! Esyllt!' gwaeddodd Dwynwen ar ei chwiorydd, 'dewch yma cwic – me Dad a Mam yn cel secs!'

Rhedodd Esyllt i mewn i'r gegin, 'O, ti'n dwp, Dwynwen! Ddim secs 'di hynna – jyst snogio me nhw!'

'Be di shecs?' gofynnodd Swyn, a oedd wedi newid

i'w phyjamas pinc a llusgo Porffor y Pwsi (ei thegan meddal) efo hi.

'Dwi'm yn cofio!' meddai Harri.

'Wel, Harri Fôn, os ga i'n swper wedi'i wneud fel hyn bob nos, ella y ca i gyfle i dy atgoffa di,' meddai Mona'n awgrymog.

'Me 'na ddwy botel o win yn y ffrij,' meddai Harri.

'Reit, swper a gwely reit sydyn i chi heno 'ma, ferched,' meddai Mona.

'O! Pam?' cwynodd pawb.

'Achos mae'n nos Wener a mae pawb wedi blino'n lân,' atebodd Mona.

Ddwy botel o win yn ddiweddarach, teimlai Mona'n hapusach nag a deimlodd ers misoedd, a chariodd Harri hi i'r gwely.

* * *

'Reit, dwi 'di gwneud y gwely'n barod yn y lofft sbâr erbyn y daw Trudi a'r teulu yma heno 'ma, felly peidiwch chi blant â mynd yno i'w sblachu, reit?' gorchmynnodd Mona fore dydd Gwener canlynol.

'Iawn, Mam,' meddai'r merched yn angylaidd.

'Reit, wela i di heno 'ma, ocê Harri? O, wnei di setlo efo'r ddynes glanhau, wnei di plîs?'

'Iawn,' meddai Harri.

Pan ddaeth Mona adre y noson honno, roedd Trudi a'r teulu newydd gyrraedd o'i blaen ac yn eistedd yn y gegin orau.

'Haia Mons,' meddai Trudi gan roi coflaid gynnes iddi.

'O! Helô bawb. Haia Dens, gathoch chi siwrne iawn?' gofynnodd Mona wrth eu cofleidio.

'O, dim iws achwyn, ti'm bo. Ma'r hewl o Gyfyrddin i'r canolbarth 'ma mor yffachol ag eriôd!'

'Lle ma'r hogia bach?' gofynnodd Mona.

'Gnath y ddynes glanhau a Harri dangos 'u llofft nhw i ni. Ma nhw'n cysgu ar y funud. Fyddan nhw'n deffro am ffîd mewn tua awr, ma'n siŵr,' meddai Trudi.

'Lle ma Harri rŵan, ta?' gofynnodd Mona.

'O mae o'n helpu'r ddynes glanhau i newid y gwely. Ti 'di trênio fo'n dda, Mona,' meddai Trudi.

'O Iesgob. Dydi o'n gwrando dim arna i,' meddai Mona. 'Mi newidish i'r gwely 'na bora 'ma, a rhybuddio pawb i beidio'u sblachu nhw. O, be nei di â nhw, dwad?' meddai Mona gan ysgwyd ei phen mewn anobaith. 'Glasiad bach o win i aros swper?'

'O ia, plîs,' meddai'r ddau.

'Pryd den ni'n cel gweld yr efeilliaid bech?' gofynnodd Esyllt yn famol i gyd.

'Ewch i newid gynta – waeth i chi newid i'ch pyjis yn syth, ac wedyn ella ar ôl swper mi fyddan nhw wedi deffro ac isio bwyd.'

'Gawn ni helpu? Gawn ni helpu?' meddai'r merched ar draws ei gilydd.

'Wel dwi'm yn siŵr,' meddai Mona. 'Wyt ti'n dal i fwydo nhw dy hun, Trud?'

'God, nachdw! 'Nes i cael ddigon ar ôl mis. On i efo babi ar tits fi drwy'r dydd! Do'n i ddim yn cael lonydd i fynd i'r toilet hyd yn oed!' meddai Trudi.

'Na, odd e'n ormod i ti on'd odd e, bach,' meddai

Densil gan roi ei fraich am ysgwydd Trudi. 'O leia nawr wy'n galler rhoi potel i un tra bo Trud yn rhoi bwyd i'r llall.'

'Un a llall ydi'u henwe nhw?' gofynnodd Dwynwen yn ddryslyd.

'Nage, siŵr iawn. God, ma'r plant 'ma'n digri, yn dydyn nhw, Mons. Dafydd a Daniel ydyn nhw, ac ma nhw'n phedwar mis heddiw, cofia,' eglurodd Trudi.

'Reit ta, pyjis, blantos,' meddai Mona ac i fyny â nhw.

Daeth Harri i lawr y grisiau a'i wyneb yn gôt o chwys.

'Esgob, Harri, be ti a Mrs Williams druan wedi bod yn ei wneud ar y gwely 'na, dwad?' meddai Mona gan chwerthin.

'Es i ar goll wrth drio roi'r cyfar dros y cwilt 'na. 'Nes i'm duall 'i bod hi'n gymaint o gontract, ne mi faswn i wedi gadel i chdi neud y job, Mona,' eglurodd.

'Ond Harri bach, doedd dim angen ei newid o, on i 'di newid o bora 'ma – ddudis i hynny wrthat ti. Lle mae Mrs Williams rŵan?'

'Haia Mona,' meddai Lisa wrth ddod i lawr y grisiau gan gario'r dillad gwely a mynd â nhw yn syth i'r peiriant golchi.

'Dowadd, ers pryd wyt ti yma?' gofynnodd Mona gan fethu â chuddio ei hatgasedd tuag ati.

'Mi ffoniodd Mrs Williams heddiw i ddeud ned oedd hi'n gellu dod yma rhagor – gweld y lle'n rhy bell,' meddai Harri. 'Mi ddigwyddodd Lisa alw drew pnawn 'ma a chynnig helpu. Me hi'n rhydd bob dydd Gwener, felly mei'n fodlon glanhau i ni o hyn ymlaen.'

'O,' meddai Mona. Gwyddai y dylai ddiolch iddi, ond ni fedrai ddiolch am ddim byd i hon.

'Anti Lisa, Anti Lisa,' rhedodd y merched tuag ati yn llawn cyffro.

'Anti Lisa?' edrychodd Mona ar ei phlant fel pe baent newydd ei bradychu. Ers pryd roedd y rhain yn ei hadnabod fel blydi Anti Lisa?

'Den ni'n gweld 'yn gilydd yn lle Taid weithie, yn dyden ni, ferched,' meddai Lisa, gan roi clamp o winc iddyn nhw.

'Ydan,' meddai'r merched, a rhoi clamp o winc yn ôl iddi. Doedd Mona ddim yn hoff o hyn o gwbl.

'Reit ta, wna i ddim dy gadw di ddim rhagor. Diolch yn fawr i ti, Lisa. Ydi Harri wedi setlo efo chdi, yndi?' meddai gan geisio cael gwared arni.

'Ydi diolch,' meddai â gwên slei ar ei hwyneb.

Edrychodd Mona'n amheus ar Harri. Cochodd Harri a throdd i siarad â Densil a Trudi.

'Gwin ta peint dech chi'ch dau isie i aros swper?' gofynnodd.

'Fydde glasied bach o win coch yn itha ffein nawr,' meddai Densil.

'Ia, gwin fach. 'Na i dod i helpu ti rŵan, Mona,' meddai Trudi ac aeth i'r gegin at Mona gan gau drws y gegin orau ar y dynion.

'Be sy'n bod, Mona?' gofynnodd Trudi iddi.

'O, dim byd, sti,' meddai Mona gan sgriwio'r agorwr poteli i mewn i gorcyn y botel win yn ffyrnig a dychmygu mai gwddf Lisa oedd y corcyn!

'Mona? Dwi'n gwybod pan ma 'na rwbath yn rong

efo ti,' meddai, gan edrych yn ymbilgar efo'i llygaid mawr tywyll ar Mona. Cofleidiodd Mona hi.

'O Trudi, dwi'n dy golli di, cofia.'

'Be sy'n bod, Mona?'

'O, dim byd mawr, dwi 'di blino, hollol nacyrd, stressd, a ma nychymyg i'n wyllt. Gawn ni sgwrs fory rywbryd. Dwi jest ddim awydd siarad am y peth heno 'ma. Dwi isio mwynhau cal 'ych cwmni chi yma. Tyrd, yfa'r gwin 'ma.'

'Ti'n siŵr bo ti'n iawn?'

'Ydw, siŵr iawn. Tyrd, awn ni â'r gwin 'ma draw at y dynion 'ma.'

'On i jest yn gweud wrth Harri 'ma nawr,' meddai Densil wrth i'r ddwy gario'r gwin i'r gegin orau, 'tasen i'n rhoi help llaw i Harri ar y fferm 'ma bore fory tra bo chi'ch dwy yn whare 'da'r plantos, allen ni'n dou whare 'da'r plant yn y pnawn tra bo chi'ch dwy yn mynd am siopad bach i Amwythig ne rywle.'

Goleuodd wynebau'r ddwy. 'O Densil, ti'n gariad!' meddai Mona oedd wedi dotio'n lân efo'r syniad.

'Yndi, mae o,' ategodd Trudi gan roi cusan iddo.

* * *

Teimlai Mona fel dynes newydd ar ôl prynu tri phâr o drowsus, pedair blowsen ac un ffrog newydd. Roedd Trudi hithau wedi gwneud twll reit dda yn ei chyfrif banc hefyd. Wrthi'n sglaffio clamp o deisen siocled mewn caffi oedd y ddwy cyn ei throi hi am adre, pan adroddodd Mona am y straen y bu'n teimlo yn ystod y misoedd diwethaf.

'Dwi 'di bod yn reit isel, sti,' cyfaddefodd. 'Dwi jest yn teimlo bo fi'n bodoli yn unswydd i dendio ar y plant a Harri, a bo pawb yn fy nghymryd i'n ganiataol. Do's 'na'm gair o ddiolch i'w gael am uffarn o ddim byd.'

'Ti'n swnio 'di blino, Mona,' meddai Trudi'n llawn cydymdeimlad.

'Ydw, mi ydw i. Dwi 'di blino trio cael rhywfaint o barch a chael fy nhrin yn gyfartal yn y lle 'cw. Dwi 'di blino ffraeo efo Harri am y ffarm . . . a doedd gweld y Lisa 'na acw ddoe yn ddim help.'

Adroddodd Mona hanes Lisa wrth Trudi, ynghyd â'i hamheuon ei bod yn dal yn ffansïo Harri.

'O, cym on, rŵan Mona. Ti'm yn feddwl bo Harri yn ei ffansïo hi, wyt ti?'

'Wel, mi fuodd o'n mynd efo hi erstalwm, yndo, nes iddo fo ddarganfod ei bod hi'n hanner chwaer iddo fo.'

'Oedd hynny blynyddoedd yn ôl, Mona.'

'Haws cynnau tân medden nhw . . . ac o ble ddiawl doth hi ddoe, a sut mae'r plant yn ei nabod hi mor dda, a be ddiawl oedd hi a Harri'n ei neud yn newid dillad y gwely yn y llofft sbâr neithiwr? Tydi o rioed wedi newid dillad gwely yn ei fyw o'r blaen – pam gneud neithiwr? A sylwest ti 'i bod hi wedi'u rhoi nhw yn y peiriant golchi cyn i mi gael cyfle i'w gweld nhw?'

'Naddo, 'nes i dim sylwi, a deud y gwir, achos do'n i ddim yn wybod pwy oedd hi neithiwr, on i jest yn meddwl ma dynes glanhau oedd hi. Os 'di'n merch i Dei, ma'n siŵr bod y plant wedi weld hi yn lle Taid weithiau.'

'Iawn, ond pam cadw'r peth oddi wrtha i? Mi daclis i

Harri am y peth neithiwr ond ches i fawr o synnwyr. Yr un stori ges i – ei bod hi wedi "digwydd galw". Mae o'n cadw rhywbeth oddi wrtha i Trudi, dwi'n gwbod 'i fod o,' meddai Mona'n ofidus. 'Mae o'n meddwl mod i'n paranoid am bopeth – rhwng perchnogaeth y fferm a bopeth.'

'Ond Mona,' meddai Trudi'n ddifrifol, 'ma gynnot ti boint da yn fan'na. Dwi ddim isio gneud i ti poeni mwy, yndê, ond ti'n llygad dy lle – basa Lisa'n gallu mynnu bod hi'n cael hanner y ffarm. Os nad ydi Harri'n mynd i sortio fo, sortia di fo. Dos di i siarad efo Taid a deud 'tho fo be ti 'di ddeud wrtha fi.'

'Ti'n meddwl?'

'Hel, yndw Mona. Drycha arnat ti – ti'n rec. Gelli di ddim cario mlaen fel hyn, Mons. Ti'n dipyn o ffrindia efo Taid, yn dwyt, a ti'n trystio fo'n fwy na neb arall, yn dwyt ti?'

'Yndw,' meddai Mona'n dawel gan sylweddoli'r gwirionedd – roedd ganddi fwy o ymddiriedaeth yn ei thad-yng-nghyfraith nag oedd ganddi yn ei gŵr ei hun.

'Sortia fo allan dy hun, Mona – do's 'na neb arall yn mynd i gneud,' meddai Trudi'n gadarn.

'Ti'n iawn! Mi wna i hynny – ddydd Llun,' meddai Mona'n hyderus. Oedd, roedd yn rhaid iddi hi sortio'i bywyd allan – wnâi neb arall hynny drosti, ac mi sortiai hi'r hen ast Lisa 'na tra oedd hi wrthi hefyd!

PENNOD 9

'Duwedd, helô Mona fech, do'n i ddim yn dy ddisgwyl di yma heno 'ma,' meddai Dei wrth agor y drws i Mona.

'Sori Dei, ydw i wedi galw ar adeg anghyfleus?'

'Wel, neddo, debyg iawn. Tyd i mewn. Ffor wyt ti, bech?' meddai gan gerdded yn fân ac yn fuan i wneud paned i'r ddau.

'Dwi'n iawn diolch, Dei. Dwi 'di dengid yma heno 'ma – mi ddudis i fod gen i gyfarfod yn yr ysgol, felly dach chi ddim wedi ngweld i, reit?'

'O iawn, be sy felly?' Edrychodd Dei yn ddifrifol.

'Dwn i'm lle i ddechra . . .' dechreuodd Mona.

'Oes gen hyn rwbeth i'w wneud efo Lisa?' gofynnodd Dei.

'Wel, oes mewn ffordd.'

'Diolch byth. On i'n dechre meddwl ned oedd Harri byth yn mynd i ddeud 'tho ti. Me'r hen jiwdi fech wedi bod yn fy mhlagio i ers misoedd am y mater.' Roedd golwg o ryddhad ar wyneb Dei.

''Ych plagio chi am be yn union?'

Cochodd Dei at ei glustiau gan sylweddoli ei fod newydd roi ei droed ynddi. 'Be'n union me Harri 'cw 'di ddeud 'tho ti?'

'Bod Lisa'n hanner chwaer iddo fo, a'u bo nhw'n arfer mynd allan efo'i gilydd erstalwm nes i'w fam o roi stop ar betha – dyna sut ffendiodd o allan fod ganddo hanner chwaer.'

'O,' meddai Dei, ''nes i rioed dduall 'u bod nhw wedi bod yn canlyn.'

'Sori, on i'n meddwl y basach chi'n gwbod hynny.' Tro Mona oedd hi i roi ei throed ynddi rŵan.

Adroddodd Dei fel yr oedd Lisa wedi bod yn ei boeni ers misoedd, gan fynnu bod ganddi hawl i hanner Cae Mawr. Fe drafododd Dei y mater efo Harri yn syth, ac fe addawodd Harri y byddai'n meddwl am ffordd o sortio'r mater. Yn fuan wedi hynny y dechreuodd Mona weithio, felly tybiodd Dei mai mynd yn ôl i weithio i gael arian i dalu am siâr Lisa o'r fferm yr oedd hi.

'Ddim ffiars o beryg!' meddai Mona, â'i gwaed yn berwi.

'On i'n ofni y base'r plant wedi deud 'u bod nhw'n gweld Lisa yma'n reit aml. Wnes i 'u siarsio nhw i beidio deud dim, yn lle bo ti'n ypsetio – er me hi'n gneud y ffws ryfedda o'r plant bob tro hefyd – trio bod yn ffrindie mawr efo nhw. On i'n meddwl me lle Harri oedd egluro'r cyfan i ti. Synnes i na fydde Lisa wedi deud 'tho ti 'i hun, gan 'i bod hi yng Nghae Mawr mor aml.'

'Be? Dydw i rioed wedi'i gweld hi yno – tan ddydd Gwener dwytha, pan benderfynodd Harri mai hi 'di'r ddynes glanhau o hyn allan,' meddai Mona'n llawn amheuon. 'Be ddiawl sy'n mynd ymlaen, Dei?'

'Dwi'n ame'n hun weithie,' meddai'n dawel.

'Dei,' oedodd Mona cyn gofyn y cwestiwn nesa. 'Oes gynnoch chi brawf mai chi 'di'i thad hi?'

Cyfaddefodd Dei nad oedd ganddo brawf, dim ond gair ei mam yn erbyn ei air o. Tybiodd yntau mai cadw'r peth yn dawel fyddai orau, peidio gwneud ffws am y peth achos dim ond ychydig iawn o bobl a wyddai am y berthynas, ac ar y pryd doedd o ddim eisiau rhoi mwy o loes i Sylvia nag oedd raid.

'Dach chi'm yn meddwl ei bod hi'n hen bryd i chi ffindio allan cyn iddi'ch pluo chi'n rhacs?'

'Me hi 'di llwyddo i neud hynny'n reit dde dros y blynyddoedd,' cyfaddefodd Dei. 'Mi fues i'n talu at ei magwraeth hi nes oedd hi'n un ar bymtheg, a rŵan me'r hen japsen yn trio mhluo i eto!'

'Cyn bo ni'n meddwl be i'w wneud nesa, allwch chi fynd am brofion i brofi ai chi 'di'r tad ai peidio. Plîs, Dei?'

'Dwn i'm be fasa Harri'n feddwl o hynny.'

'Wel, tyff,' meddai Mona. 'Does dim raid iddo fo gael gwbod, nagoes. Ddudwn ni'r un gair wrth neb, Dei. Wedyn os ydi'r profion yn profi mai chi ydi'r tad, iawn – mi feddyliwn ni beth i'w wneud wedyn.' Roedd Mona o'i cho.

'Mi fuodd hi'n briod am gyfnod . . .'

'Be? Pwy ddiawl fasa'n priodi'r hen sguthan?'

'Barodd y briodas ddim yn hir. Dwn i ddim be ddigwyddodd yn iawn. Eth hi i fyw tua'r Llunden 'na, roedd o rwbeth i'w neud efo'r ffaith ne feder hi gel plant, ei gŵr hi isio plant a hithe'n methu cel, ne rhyw gawlach fel'na oedd o,' ceisiodd Dei gofio'r hanes. 'Ond yn ei hôl ddeth hi, ryw chydig fisoedd cyn i chi'ch dau briodi oedd hi, dwi'n meddwl . . .'

'Tasa gen i chwaer fel'na, mi faswn i isio'i thagu hi! Sut ddiawl mae hi a Harri yn gymaint o ffrindia?' Ni fedrai Mona wneud na phen na chynffon o'r holl beth.

'Me gwaed yn dewach ne dŵr, debyg,' meddai Dei.

'Wel, ffeindiwch allan p'run ta gwaed ta dŵr sydd

rhyngddyn nhw, wir dduw. Plîs ewch am brofion, Dei?' gofynnodd Mona'n ymbilgar.

'Ti'n llygad dy le, Mona, mi a' i i weld y doctor fory i weld sut me mynd o gwmpas y pethe 'ma. Ond dim gair wrth Harri na neb, duall?'

'Dduda i'r un gair wrth neb,' tyngodd Mona.

Stopiodd Mona yn y ciosg yng nghanol y dref ar y ffordd adref, a dywedodd y cyfan wrth Trudi.

* * *

Bu awyrgylch annifyr iawn yng Nghae Mawr ers i Densil, Trudi a'r bechgyn adael. Llwyddodd Mona i fod yn gwrtais efo Harri tra roedd cwmni yn eu plith; wedi'r cyfan roedd hi wedi edrych ymlaen ers wythnosa am ymweliad Trudi, Densil a'r efeilliaid â nhw, felly doedd hi ddim am adael i'r Lisa 'na ddifetha'r penwythnos. Ond ar ôl ei chyfarfod â Dei nos Lun, ni fedrai Mona edrych ar Harri. Beth yn union oedd ei gêm o? Pam ar y ddaear na ddywedodd o yr un gair am yr helynt efo Lisa wrthi, yn enwedig gan fod Mona wedi crybwyll y mater o berchnogaeth y fferm droeon? Pam na ddywedodd Harri wrthi fod Lisa'n galw yno'n rheolaidd? Pam nad oedd Mona'n gallu holi Harri am y pethau hyn oedd yn cnoi ei stumog? Pam nad oedd hi'n gallu ymddiried ynddo bellach?

Fe waethygodd y sefyllfa pan welodd Mona Mrs Williams, y ddynes glanhau, ar y stryd yn y dref ganol yr wythnos.

'Hy! Doedd 'y ngwaith i ddim digon de i chi yng Nghae Mawr 'ta, negoedd?' meddai'n sarrug wrth Mona.

'Pardyn?' meddai Mona'n ddiniwed.

'Wel does 'na neb wedi cwyno o'r blaen, dwi'n cymryd preid yn 'y ngwaith, thenciw. Mi faswn i 'di lecio tasech chi 'di gadel i mi wybod ynghynt yn lle bo'r hen hoeten ffroenuchel 'na 'di deud wrtha i'n y drws pan es i yna ddydd Gwener dwythe!'

'Sori?' meddai Mona'n hollol ar goll. 'Y neges ges i oedd 'ych bod chi wedi ffonio fore dydd Gwener yn deud 'ych bod chi'n gweld y lle'n rhy bell ac nad oeddech chi'n gallu dod draw mwyach.'

'Wel, me 'na rywun yn rhaffu clwydde yn rhwle, a nid fi 'di honno. Gofynnwch i'r lodes ddiog 'ne atebodd y drws ddydd Gwener dwytha – y bwdren yn ei *dressing gown* adeg hynny o'r dydd.'

Clymodd stumog Mona.

'Disgrifiwch y ferch wrtha i, Mrs Williams, a beth yn union oedd hi'n ei wisgo?'

'Doedd hi'n gwisgo fawr o'm byd os dech chi'n gofyn i mi. Tamed o *ddressing gown* binc at ei phenglinie, a gwellt melyn byr ganddi . . .'

'Lisa!' meddai Mona.

'O ie, Lisa oedd 'i henw hi hefyd, achos mi glywes i ryw ddyn yn galw arni i fynd yn ôl i'r llofft . . . ydyn nhw'n lojars acw ne rwbeth, ydyn nhw?'

'Rwbath felly. Dwi'n sori, Mrs Williams, ma 'na ryw gamddealltwriaeth wedi bod, ma'n amlwg. Plîs allwch chi ddod yn ôl ddydd Gwener?'

'Wel, dwi'n feri sori bech, ond dwi 'di cel job arall ar ddydd Gwener rŵan, a does gen i'm amser arall i gynnig i chi, dech chi'n gweld. Me clîners de yn bethe anodd iawn i'w cel dyddie 'ma . . .'

'Iawn, sori. Ma'n rhaid imi fynd,' meddai Mona, ac aeth ar ei phen i'r toiled agosa i chwydu a thorri ei chalon, cyn ffonio Trudi eto efo'r newyddion diweddaraf.

'Reit ta, Mona. Gwranda. Tyrd ti â'r ferched i lawr ata i a Densil y penwythnos yma. Gwnawn ni siarad am popeth yn gall bryd hynny. Tyrd yn syth ar ôl ysgol.'

'Ond be dduda i wrth Harri?'

'Sodio fo, Mona, os 'di o'n cael affêr efo'r bitsh Lisa 'na, fydd o'n balch o gael y lle iddo fo'i hun am y penwythnos. Tria perswadio Taid i fynd draw i cael mwy o efidyns i gweld o's 'na rwbath yn mynd ymlaen go-iawn.'

'Asy goc, faint o dystiolaeth sydd ei angen, dwad? Ma'r blydi peth yn amlwg, a dwi 'di bod mor ddall.'

'Mona bach, os ydi hi 'di bod yn ddod yna tra ti 'di bod yn gweithio, sut diawl oeddat ti i fod i wbod bod dim byd yn fynd ymlaen. Dwi'n rîli synnu at Harri, cofia. On i'n feddwl 'i fod o'n hen boi iawn. Gwranda, rhaid imi fynd, ma Dafydd a Daniel isio'u bwydo. Tyrd draw nos Wener, ocê.'

'Iawn, ga i weld,' meddai Mona'n simsan.

'Mona, plîs tyrd draw. Neith o gneud lles i ti a'r ferched. Ma'n siŵr fod nhw'n gallu sensio fod rhywbeth yn bod,' erfyniodd Trudi arni.

'Ti'n iawn. Mi wneith les i bawb. Wela i di nos Wener. Diolch Trud, ti'n werth y byd, cofia,' meddai Mona a'i llais yn grynedig.

'*A friend in need*, Mona bach. Gweld ti nos Wener, iawn?'

'Iawn. Hwyl.'

* * *

Teimlai Mona fod ei bywyd wedi'i droi ben i waered, ac ni fedrai wneud synnwyr o un dim. Teimlai fod rhywun wedi bod yn ei waldio drwy'r nos. Teimlai'n boen galarus trwyddi. Teimlai'n wag. Teimlai fel cyfogi wrth feddwl bod Harri yn ffafrio ei hanner chwaer i'w wraig. Teimlai ei stumog yn corddi bob tro y meddyliai am y ddau efo'i gilydd. Teimlai y gallasai ladd yr hen hwren Lisa 'na heb deimlo owns o euogrwydd o gwbl – yr hen sopen – a'r hyfdra ganddi i wisgo ei gŵn wisgo hi wrth gyfarch Mrs Williams! Powld!

'Sws a lwls, Mami,' meddai Swyn wrth i Mona ei rhoi yn y gwely nos Iau. 'Mam?'

'Be, cariad?'

'Ti di'r mam gorau yn y byd i gyd, Mami. Caru ti hîps,' meddai gan gofleidio ei mam.

Llifodd y dagrau i lawr gruddiau Mona wrth ei chofleidio'n dynn; er y gwyddai mai ffalsio'r oedd hi, roedd yn braf gwybod fod rhywun yn ei charu.

'Be 'di difôrs, Mam?' gofynnodd Dwynwen yn chwilfrydig o'r gwely arall yn y llofft.

'Pam ti'n gofyn?' Aeth ei chwestiwn fel saeth trwy galon Mona.

'Jest meddwl. Anti Lisa oedd yn deud rwbath wrth dad heddiw.'

'Lle gwelist ti honno?'

'Ddeth Dad i nôl ni o dŷ Taid heno 'ma'n do.'

'Do.'

'A phan ddaethon ni adre roedd Anti Lisa yma, ac roedd hi a Dad yn dadle, a neth Dad hel ni i'r llofft i newid, ond mi glywes i nhw'n siarad am difôrs, a Dad yn deud wrthi am beidio siarad am y peth o'n blaena ni. Pam bo pobol fawr yn meddwl bo plant yn dwp a ddim yn duall dim, Mam?'

'Oedd Anti Lisa yma cyn i chi ddod adra?'

'Oedd,' atebodd Dwynwen.

'Paid ti â phoeni am Anti Lisa a'i hantics, Dwynwen fach,' meddai Mona a'i stumog yn troi unwaith eto. 'Reit, cysgwch yn syth rŵan, neu mi fyddwch chi wedi blino gormod i fynd at Anti Trudi ac Yncl Densil nos fory.'

'Nos da, Mami gore yn y byd i gyd . . .' meddai Swyn yn gysglyd.

'Ocê ocê – yr hen lwlsen i ti, Swyn fach. Nos da, twtsen,' meddai Mona'n dyner wrth gasglu dillad ysgol budron y plant a chau'r drws.

Bu bron iddi neidio allan o'i chroen wrth gwrdd â Harri yn nrws llofft y merched. Cerddodd heibio iddo heb ddweud dim, gan gario llond ei hafflau o ddillad budron.

'Pam wyt ti mor flin efo fi o hyd, Mona?' gofynnodd Harri.

'Blin fasa chditha hefyd taset ti'n gorfod diodde fatha dwi'n gorfod ei wneud yn y lle 'ma.'

'Diodde be?'

'Blydi hel, ma'n rhaid dy fod ti'n meddwl mod i'n uffernol o dwp, ne rwbath!'

'Be sy'n bod arna chdi, Mona?' gofynnodd Harri'n flin.

'Do's 'na uffarn o'm byd yn bod arna i, Harri, ond ma isio sbio dy ben di!'

'Ond be dwi 'di neud o'i le, Mona?'

'Harglwydd, ma gin ti wynab!' bytheiriodd Mona.

'O uffern dwll! Do's 'na'm pwynt siarad efo chdi pan ti'n y mŵd yma,' meddai Harri'n flin.

Cerddodd Mona i ffwrdd ac aeth â'r dillad budron i'r peiriant golchi. Ond roedd hwnnw'n llawn o ddillad newydd eu golchi – dillad gwely'r llofft sbâr!

* * *

Y peth gorau a wnaeth Mona oedd mynd i fwrw'r Sul at Trudi a'r teulu. Teimlai ei bod yn cael ei mygu yn yr awyrgylch yng Nghae Mawr ac roedd cael dianc o'r lle fel chwa o awyr iach. Roedd y plant wrth eu boddau. Ychydig iawn o wyliau a gaent, dim ond at Nain Sir Fôn bob yn hyn a hyn. Penderfynodd Mona ei bod am gadw ei mam allan o'r helynt yma – byddai'n poeni ei henaid pe bai'n gwybod y cyfan.

Roedd Trudi a Densil mor hapus – teimlai Mona'n eiddigeddus iawn ohonynt. Cafodd Mona gyfle i feddwl am bopeth, ac roedd barn a chyngor Trudi yn gysur mawr iddi.

'Wi jest ffaelu credu'r peth fy hunan,' meddai Densil, 'Wi'n ffaelu credu y gwnele Harri shwt beth. Odd e'n siarad mor barchus ohonot ti pan oedden ni draw, Mona, on i ffaelu credu nghlustie pan wedodd Trudi'r hanes wrtho i pwy ddwrnod.'

'Dw inna'n methu credu'r peth, chwaith,' meddai Mona'n lleddf. 'Dwi'n gwbod fod petha wedi bod dan straen yn ddiweddar, ond on i jest yn meddwl mai'r ffaith fod y ddau ohonan ni wedi blino oedd yn gyfrifol am hynny'n benna – wel dyna on i'n meddwl oedd o, beth bynnag.'

'Ond do's dim prawf pendant 'da ti fod Harri'n cal affêr 'da'r Lisa hyn?'

'Nag oes, dim ond 'i bod hi'n mynd yno pan dwi ddim yno; bod hi isio hanner y ffarm a bod Harri'n gwbod hynny ond wedi penderfynu – yn ei ddoethineb – i gadw'r peth oddi wrtha i; bod Mrs Williams, yr hen dlawd, wedi'i gweld hi yn gwisgo fy *nressing gown* i ac wedi clywed llais dyn yn galw ei henw hi i fynd yn ôl i'r llofft a bod dillad gwely'r llofft sbâr yn cael eu golchi bob tro mae hi wedi bod acw'n "glanhau" . . . faint uffarn o brawf s'gen ti isio!' poerodd Mona'r geiriau.

'Ond smo ti na neb arall wedi actshiwali gweld Harri a hithe 'da'i gilydd,' ceisiodd Densil ddadansoddi'r sefyllfa.

'Naddo, ond ma'r peth yn hollol amlwg, yn tydi?' meddai Mona'n ddigalon.

'Nag yw, Mona, smo fe'n amlwg o gwbwl, achan. Ma'r syniad yn itha ffiedd – hanner brawd a hanner whâr yn lapswchan 'da'i gilydd,' meddai Densil, 'ond do's dim prawf pendant 'da ti fod dim yn mynd mlân.'

'Reit ta,' gwthiodd Trudi ei thrwyn i mewn, 'be os dydi Lisa ddim yn hanner chwaer i Harri?'

'Yna do's ganddi ddim hawl i hanner y fferm, ond mi allse hi hawlio Harri,' meddai Mona.

'Reit, be os gnei di aros i weld beth bydd tests Dei yn deud cyn mynd dim pellach, ac os nad ydi hi'n perthyn dim iddo fo, pam na nei di ofyn i Dei am cael bod yn partner yn y fferm. O leia wedyn, bydd yn rhaid i Harri talu lot o bres i ti os 'di o isio gwared ohonat ti.'

'Omaigod!' Gwawriodd syniad erchyll ar Mona.

'Ella ma dyna 'di'r cynllun – ella 'u bod nhw'n bwriadu'n lladd i – wedyn mi fydd ganddyn nhw'r fferm iddyn nhw'u hunain ac mi fydd ganddyn nhw'r plant hefyd. Ella'u bod nhw wedi bod yn cynllunio'r cyfan ers blynyddoedd – fy nefnyddio i i gael plant iddyn nhw . . .'

'Hang on nawr 'ten, bach,' meddai Densil, 'nele Harri mo 'na, achan . . .'

'Ond mi fasa'r blydi Lisa 'na'n gneud. Ma Dei yn deud ei bod hi'n trio bod yn ffrindia mawr efo'r merched ac yn gneud uffarn o ffws ohonyn nhw . . . yn trio bod yn rhyw fath o ail fam iddyn nhw ella. Omaigod, be dwi'n mynd i'w neud?' Powliodd y dagrau'n ddi-baid i lawr ei gruddiau.

'Mona bach, ti'n fynd yn paranoid rŵan. Fasa lladd ti ddim yn setlo dim byd, yn na f'sa. A beth bynnag, tasan nhw isio lladd ti, fasan nhw wedi gneud hynny cyn rŵan.'

'Uffarn o gysur!'

'Ma'n rhaid i ti siarad yn gall 'da Harri, achan. Smo ti 'di rhoi cyfle iddo fe egluro dim i ti. Falle bod eglurhad hollol synhwyrol i gal. Ma'n rhaid i ti siarad 'da fe, Mona, ti'n hala dy hunan yn dost fel hyn, achan.'

Aeth y trafodaethau ymlaen am oriau, ac yn raddol daeth Mona at ei choed, gan ddod i'r casgliad nad oedd ganddi unrhyw dystiolaeth bendant i gadarnhau ei hofnau. Y cam cyntaf oedd gweld beth fyddai canlyniadau profion Dei, wedyn cymryd pethau o'r fan honno.

* * *

'Mona fech, dwi mor falch dy fo ti 'di gellu diengid

drew,' meddai Dei wrth agor y drws i Mona y nos Lun ganlynol a'i hel hi drwodd i'r gegin fyw.

'Be sy mor bwysig, Dei?'

'Dwi 'di bod yn cel y profion,' meddai'n llawn gofid.

'Argian, roedd hynna'n sydyn! O na, peidiwch â deud wrtha i 'ych bod chi yn dad i Lisa,' meddai Mona yn llawn anobaith.

'Mi ges i wybod bnawn Gwener, a dwi 'di bod yn trio cel gafel arnat ti ers hynny. Dwn i'm be i'w wneud am y gore.'

'Felly chi ydi'i thad hi?' ceisiodd Mona gael y gwirionedd allan ohono.

'Ne,' meddai Dei yn dawel.

'O haleliwia. Diolch byth am hynny,' meddai Mona gydag ochenaid o ryddhad.

'Mona,' meddai Dei yn ddifrifol, 'nid fi ydi'i thed hi achos . . .' Roedd ei lais yn grynedig.

'Be sy, Dei bach?' meddai Mona'n methu deall pam nad oedd o'n gorfoleddu nad fo genhedlodd y ffasiwn fuwch.

'Me'n amhosib i mi fod yn ded iddi achos . . . me'n amhosib i mi gel plant,' meddai, a thorrodd ei lais.

Fe gymerodd rai eiliadau i Mona sylweddoli beth yn union yr oedd Dei wedi'i ddweud wrthi. Os nad oedd o'n gallu cenhedlu, pwy oedd tad Harri ta? Estynnodd hances iddo.

'O Dei, druan!' Teimlai'n euog mai hi oedd wedi'i berswadio i gael y profion, a'u bod wedi dod â'r fath ofid iddo. 'O Dei, o, dwi'n sori. Fi 'di'r bai am hyn i gyd.'

Sychodd Dei ei lygaid a chwythodd ei drwyn yn swnllyd. Ymhen rhai munudau mentrodd Mona holi'n dawel-betrusgar,

'Ym, pwy 'di tad Harri ta, Dei?'

'Wel, fi siŵr dduw!' meddai Dei yn bendant.

'Sori, dwi ar goll yn lân,' meddai Mona. 'Dach chi newydd ddeud nad chi 'di tad Lisa achos nad ydach chi'n gallu cael plant; felly sut bo chi'n deud 'ych bod chi'n dad i Harri ta?'

'Sori Mona, dwi'm yn gneud 'yn hun yn glir iawn nechdw. Yn fuan ar ôl i Marian fech gael ei geni – ein hail ferch fech ni, wst ti – mi ges i anferth o ddôs o Glwy'r Pennau . . .'

'Be andros 'di hwnnw?' torrodd Mona ar ei draws.

'Mymps. Ond on i'n meddwl ned on i 'di cael yn effeithio ganddo gan i fam Lisa ddweud ei bod hi'n feichiog yn dilyn yr affêr fer gathon ni. O, Iesu, pam ddiawl es i'n agos at y ddynes 'na? Dim ond chwilio am chydig o gysur on i – odd Sylvia mor oeraidd a chwerw pan gollon ni'r ail ferch fech – dim ond isio chydig o gariad on i . . . Feddylies i rioed gwestiynu ned fi oedd tad Lisa – tan rŵan.' Cwpanodd ei wyneb yn ei ddwylo a beichio crio. Rhoddodd Mona ei braich am ei ysgwydd yn dyner.

'On i'n mynd i weld Lisa ar brydia pen oedd hi'n fechan – rhyw unwaith y mis – ond doedd Sylvia'n gwbod dim – fase hi byth yn madde i mi,' eglurodd Dei. 'Oedd Lisa'n llenwi chydig ar y gwacter ar ôl i mi golli Esyllt a Marian fech. Ti'n gweld, Mona, dwi newydd golli nhrydedd merch i rŵan . . .' meddai, ac wylodd yn hidl eto. 'Dwi 'di bod yn meddwl am bob meth o bethe dros y Sul, Mona . . .' dechreuodd Dei ar ôl dod ato'i hun.

'A finna hefyd!'

'. . . A dwi wedi dod i benderfyniad ynglŷn â'r fferm. Dwi'n mynd i roi ei hanner hi i chdi a'r hanner arall i Harri,' meddai'n bendant. 'Ond tydw i ddim am ddeud dim wrth Harri am ei siâr o ar hyn o bryd.'

'Esgob, dwn i'm beth i'w ddweud,' meddai Mona.

'Plîs, Mona, derbynia'r cynnig gen i. Mi faset ti'n gneud ffafr fawr â fi – me'r hen fusnes 'ma wedi bod yn boen meddwl i mi ers misoedd – mi fase'n rhyddhed mawr i mi gael setlo'r mater. Wedyn, beth bynnag ddigwyddith rhyngot ti a Harri, mi fyddi di'n berchen ar hanner y fferm, ac mi fydd gen ti a'r merched bech do uwch 'ych penne.'

'Dei, mi faswn i wrth fy modd, ond dwi isio i chi feddwl am y peth. Dach chi 'di cael sioc, ac ella y byddwch chi'n gofidio mhen chydig ar ôl i chi ddod i ddygymod â'r sefyllfa.'

'Dwi 'di trefnu mod i'n gweld y cyfreithiwr bore fory, Mona.'

Gwyddai Mona nad oedd troi ar Dei pan oedd wedi dod i benderfyniad, a derbyniodd ei gynnig.

*   *   *

Er gwaetha'r awyrgylch rhwng Mona a Harri, ni fedrai Mona yn ei byw beidio â gwenu iddi hi'i hun pan fyddai allan o olwg Harri. Esgob, edrychai ymlaen at weld ei wep o a'r hwren Lisa 'na pan gâi hi gyhoeddi mai hi oedd biau hanner Cae Mawr. Ha! Châi'r hen Lisa 'na ddim mynediad i'w thŷ hi mwyach! Ha! Pwy ddywedodd nad oedd dial yn felys!

Âi Mona o gwmpas ei gwaith yn yr ysgol a gartref gyda rhyw sbonc fach fywiog o dan ei throed. Gallasai hyd yn oed siarad yn sifil â Harri, ac roedd yntau'n siarad yn hollol sifil efo Mona, fel pe na bai dim o'i le ac fel pe bai rhyw ryddhad wedi dod drosto fod Mona wedi dod at ei choed.

Cafodd Mona alwad ffôn gan Dei yn yr ysgol amser chwarae fore dydd Gwener, yn gofyn a fedrai hi alw draw i swyddfa'r cyfreithiwr amser cinio. Cytunodd Mona. Byddai ganddi beth amser rhydd ar ôl cinio hefyd pe bai angen gan fod athro cerdd yn dod yn arbennig i'r ysgol i gymryd ei dosbarth hi am awr.

Pan gyrhaeddodd y swyddfa, roedd Dei yno yn ei haros.

'Dach chi'n siŵr bo chi isio gneud hyn?' gofynnodd Mona iddo. 'Fydda i ddim dicach os dach chi am newid 'ych meddwl rŵan, w'chi.'

'Ne, dwi'n siŵr reit, Mona fech. Me o'n rhyddhed mawr i mi, cofia. Me'r hen fusnes 'ma wedi bod yn pwyso arna i ers ache. Duwedd, dwi 'di bod fel dyn newydd ers i mi benderfynu trosglwyddo'r fferm i Harri a chditha cofia. Mi gysges i fel twrch bech neithiwr – a hynny am y tro cynta ers wythnose.'

'Dyna chi, Mrs Fôn,' meddai'r cyfreithiwr boliog wedi i Dei a Mona arwyddo'r dogfennau priodol, 'chi biau hanner Cae Mawr yn swyddogol rŵan.'

'Alla i ddim aros i weld wyneb y Lisa 'na pan dduda i wrthi hi,' meddai Mona wrth Dei y tu allan i'r swyddfa.

160

'Beth am inni'n dau fynd draw yno rŵan?' awgrymodd Dei.

Mewn chwinciad chwannen roedd y ddau yn cerdded yn nerfus o'r car ar y buarth i mewn i'r tŷ. Agorodd Mona'r drws yn dalog. Nid oedd golwg o Harri yn unlle. Gallai glywed rhyw sŵn yn dod o un o'r llofftydd. Trodd ei stumog.

'Rhoswch chi'n fan hyn,' sibrydodd wrth Dei, gan gerdded ar flaenau ei thraed i fyny'r grisiau. Deuai sŵn griddfan pleserus o'r llofft sbâr. Cerddodd ar flaenau ei thraed a throdd ddwrn y drws yn ara deg bach. Yna gwthiodd y drws ar agor led y pen. Nid oedd wedi'i pharatoi ei hun am yr olygfa oedd o'i blaen. Roedd Lisa yno – o oedd – yn arddangos ei doniau rhywiol. Ond nid Harri oedd yn y gwely.

'Blydi hel!' meddai. 'Mr Evans! Be ddiawl dach chi'n neud yn fan hyn efo'r sgyren yma!'

'Shit!' meddai Mr Evans y cyn-brifathro 'parchus', gan dynnu'r dillad gwely i guddio'i gorff noeth. 'On i'n meddwl bo ti 'di deud ei bod hi'n ddiogel yn fan hyn!' meddai'n flin wrth Lisa.

'Harri ddudodd y basan ni'n gellu cwrdd yma!' meddai Lisa'n amddiffynnol.

'Cerwch allan o nhŷ i, y moch uffarn!' gwaeddodd Mona arnynt, gan droi ar ei sawdl a brasgamu i lawr y grisiau at Dei i'r gegin.

Rhedodd Harri i'r tŷ o rywle, ar ôl sylweddoli fod Mona wedi galw adre'n annisgwyl.

'Be ddiawl sy'n mynd ymlaen 'ma, Harri?' meddai Mona, oedd ar fin chwythu gasget!

'Me'n stori hir. Sori, Mona. Mi ddylswn i fod wedi deud wrtha ti 'nghynt,' ceisiodd Harri ymddiheuro.

'Tŵ ffycin rait, washi!' Roedd y gasget newydd chwythu. 'Sgen ti syniad faint o boen meddwl ti 'di achosi? Dwi 'di bod yn meddwl bo ti a honna . . . wrthi yn fy nhŷ i . . . Y ffycin basdad-uffarn-diawl!' Rhedodd dagrau o ryddhad i lawr gruddiau Mona.

'Be sy'n gyrru mlaen, Harri?' gofynnodd Dei, a oedd mewn penbleth lwyr ac mewn stad o sioc o glywed Mona'n rhegi cymaint.

Cyn i neb gael cyfle i ddweud gair, cerddodd Mr Evans yn frysiog i lawr y grisiau gan wthio'i grys i mewn i'w drowsus.

'Sori am y camddealltwriaeth . . .' mwmiodd, gan edrych ar y llawr wrth ei heglu hi am allan.

'Camddealltwriaeth, mai âs! Ers pryd ma hyn 'di bod yn mynd ymlaen?' Mynnodd Mona gael eglurhad.

'Ers blynyddoedd,' meddai Lisa, oedd wedi cyrraedd y gegin erbyn hyn, 'ond dim ond ers i ti fynd 'nôl i weithio den ni 'di bod yn cwrdd yma.'

'Wel, ti 'di cael dy bonc ddwytha yn y tŷ 'ma, madam,' meddai Mona'n ddi-flewyn-ar-dafod. 'Dydw i ddim isio gweld dy wep di yma byth eto, nac yn nhŷ Dei chwaith. Wyt ti'n dallt!'

Edrychodd Lisa i lawr ei thrwyn ar bawb gyda pheth syndod.

'Wyt ti'n fyddar, ta be!' gwaeddodd Mona arni. 'Cer o'r tŷ 'ma am byth – yr hen hwren fach dan-din i chdi,'

'Hy, mi a' i o 'ma am y tro,' meddai Lisa'n anfodlon,

'ond mi fydda i'n ôl pan fydda i wedi cel fy siâr haeddiannol i o'r fferm 'ma.'

'A phwy sy'n mynd i roi'r siâr 'ma i chdi felly?' Roedd Mona'n dechrau mwynhau ei hun go-iawn erbyn hyn.

'Nid fi piau'r fferm 'ma bellach,' meddai Dei yn dawel. 'On i 'di cel llond bol ohonat ti'n fy mhen i o hyd, felly mi rois i hanner y fferm – dy siâr di, Lisa – i rywun arall. Rhywun dwi'n gwbod y medre i ymddiried ynddi. Rhywun fydd yn parchu'r lle 'ma, rhywun sy'n haeddu cel byw yma. Rhywun sy 'di bod yn cel ei thrin yn israddol yn y lle 'ma gan y ddau ohonoch chi. Rhywun sy 'di cel ei chymryd yn ganiataol. Rhywun sy 'di cel ei gorweithio nes ei bod hi ar ei glinie. Rhywun sy 'di cadw'r lle 'ma i fynd, tra bo chi'ch dau yn meddwl am neb na dim ond amdanoch chi'ch hunen.'

Lledodd gwên Mona gyda phob cymal, ac o dipyn i beth fe drodd Harri a Lisa i edrych arni.

'Chdi?' meddai Harri.

Nodiodd Mona'n frwd. 'Ia, fi! Fi bia hanner y lle 'ma ers tua hanner awr. Felly mi gei di – yr hen sgyren anghynnes – ei baglu hi o'ma!'

'Hy!' meddai Lisa, 'dech chi'm 'di clywed diwedd hyn. Pa hawl sy gennoch chi i roi rhywbeth sy'n perthyn i mi i hon!'

'Lisa,' meddai Dei yn gadarn, 'dwyt ti ddim yn ferch i mi. Me gen i brawf o hynny.'

'Sut ffindioch chi hynny allan?' meddai Lisa'n flin.

'Hold on,' meddai Harri, 'ffindio be allan?'

'Wel ffindio allan ned ydw i'n perthyn dim i chi, ynde,' brathodd Lisa.

'Wyt ti'n trio deud wrtha i ned ydan ni'n perthyn o gwbl, ned ydan ni'n hanner brawd a chwaer – a dy fod ti'n gwbod hynny?' Roedd Harri ar fin ffrwydro.

'God, Harri! Ti mor naïf weithie. Ti'n trio deud wrtha i ned wyt ti wedi clywed am dricie Mam? Tydi pawb yn y dre 'ma'n gwbod 'i bod hi'n esgus cel affêrs pan mei hi newydd ffindio allan 'i bod hi'n disgwyl er mwyn cel pres i'n cynnal ni? Ffermwrs cyfoethog oedd ei thargede hi fel arfer. Uffern dwll – sut allet ti gredu fod y llinyn trôns yna'n dad i mi!'

'Paid ti â meiddio siarad fel 'na am 'y nhed i. Mei o wedi gorfod talu'n ddrud am 'i gamgymeriade – wedi diodde blynyddoedd o boeni, blynyddoedd di-gysur achos dy deip di a'th dylwyth. Iesu, me gen ti wyneb. Ti 'di dod â diawl o'm byd ond gofid i'r tŷ ma ar hyd y blynyddoedd – ac i ddim byd. Heb sôn am y blacmêlio. Cer o ngolwg i'r hen ast uffarn, a phaid ti â meiddio dod yn agos at 'y nheulu i fyth eto – ddim at fy ngwraig, fy mhlant, na 'nhed i. Wyt ti'n duall?'

'Faswn i'm yn meiddio dod i'r ffasiwn dwll ne mynd at dy blydi blant bech hyll . . .'

WAC! Trawodd Mona Lisa o dan ei gên nes y powliodd yn bendramwnwgwl i'r llawr.

'Ffwcia hi o' ma'r ast uffarn, a phaid ti byth â mynd yn agos at 'y mhlant i eto!' poerodd Mona'r geiriau.

Edrychodd Dei a Harri'n syfrdan ar Mona. Cododd Lisa'n simsan. Agorodd Harri'r drws iddi.

'Hegla hi o'ma – am byth!' Clepiodd y drws ar ei hôl.

'Reit ta, Harri, mae gen ti ddeg munud i egluro popeth i mi, cyn i mi fynd yn ôl i'r ysgol.'

'Dwn i'm lle i ddechre... me hyn yn mynd i swnio'n uffernol...'

'Mmmm, lle dwi wedi clywed y geiriau yna o'r blaen,' meddai Mona'n bigog gan gofio am noson ei phriodas mwya sydyn.

Adroddodd Harri fel y bu'n rhaid i Lisa gael erthyliad pan oedd y ddau yn canlyn. Dim ond un ar bymtheg oed oedd Lisa ar y pryd, ac roedd Harri newydd ddod i ddeall ei fod o a Lisa yn hanner brawd a chwaer i'w gilydd. Roedd y ddau yn gytûn mai erthyliad oedd y peth gorau i'w wneud o dan yr amgylchiadau, yn enwedig gan fod y ddau yn perthyn mor agos i'w gilydd yn ei dyb o. Ond doedd Lisa ddim yn fodlon mynd i unrhyw ysbyty: mynnai fynd yn breifat, a bu'n rhaid i Harri dalu llawer iawn o arian iddi. Fe roddodd ei fam fenthyg yr arian iddo ar y pryd. Wyddai Dei ddim am y peth, a gwyddai Harri fod gan ei dad farn bendant yn erbyn erthyliad. Bu Lisa'n ei flacmêlio gan fygwth dweud y cyfan wrth Dei, oni bai ei bod yn cael siâr yn y fferm. Ceisio amddiffyn ei dad rhag dioddef mwy o boen roedd Harri wedi ceisio'i wneud, ond fod pethau wedi mynd o ddrwg i waeth.

'Synnwn i ddim na fuodd hi rioed yn feichiog,' gwthiodd Mona ei phig i mewn. 'Ella mai twyll oedd y cyfan i gael rhagor o bres allan o'ch crwyn chi.'

'Synnen i damed,' meddai Dei yn chwerw. 'Den ni 'di cel yn twyllo am flynyddoedd gan yr hen ast ddiegwyddor.'

'A beth am yr holl siarad am ddifôrs, ta?' gofynnodd Mona.

'Sut gwyddost ti am hynny?'

'Y plant oedd 'di'ch clywed chi'n siarad; oeddan nhw'n meddwl mai siarad amdanon ni oeddech chi,' meddai Mona'n dawel.

'O, Mona fech. Dwi'n sori, mi ddylwn i fod wedi deud wrthat ti'n gynt, ond oeddwn i mewn diawl o stêd. Fedrwn i ddim deud wrthach chi, Dad, yn enwedig mor fuan ar ôl i chi golli Mam. Allswn i ddim rhoi mwy o boen i chi. On i newydd golli Mam ac on i'n meddwl taswn i'n deud y gwir wrthach chi, y baswn i'n 'ych colli chi hefyd. Ac os ned on i mewn digon o bicil, dyma chdi Mona'n dechre mwydro mhen i am fod yn bartner yn y fferm, tua'r union adeg y dechreuodd Lisa swnian ei bod hi isie'i rhan hi o'r fferm.' Eisteddodd Harri wrth y bwrdd a gorffwys ei dalcen ar gledr ei law. 'Mi fedres i 'i chael hi i gau ei cheg wrth gytuno y base hi'n cel defnyddio'r tŷ 'ma i gynnal ei haffêr, ond wedyn mi nest ti Mona gel y ddynes glanhau 'na yma ac mi gawliodd hynny bethe, yn enwedig pan alwodd hi yma pan oedd Lisa a'r dyn 'na yma. Mi ddudes i wrthi y bydde'n rhaid iddi berswadio Mr Evans i gael difôrs a rhoi diwedd ar y nonsens 'ma, achos roedd yr holl beth yn troi arna i. Roedd hithe'n mynnu y base hi'n gellu prynu tŷ ei hunan tase hi'n cel ei siâr hi o'r fferm – mi guswn i lonydd ganddi wedyn. Don i'm yn gwbod lle i droi.'

Yn ara deg, dechreuodd popeth gwympo i'w lle a dechreuodd Mona deimlo rhywfaint bach o dosturi dros ei gŵr – ond ni fyddai'n maddau iddo mor hawdd â hynny chwaith.

'O wel, dach chi ddim yn difaru rhoi hanner Cae Mawr i mi, ydach chi Dei?' gofynnodd Mona.

'Nedw, ddim o gwbwl. Diofal yw dim, medd yr hen ddywediad yndê, a dwi'n teimlo ned oes gen i ofal yn y byd,' meddai Dei'n fodlon. 'Paid â phoeni, Harri, mi fyddi di'n cael hanner arall y fferm – rywbryd.'

'Ac yn y cyfamser dwi angen gwas i weithio ar y fferm 'ma – mi drefna i fod canpunt yn cael ei roi yn dy gyfri banc di'n wythnosol,' meddai Mona a gwên fodlon ar ei hwyneb.

'Be – wyt ti'n disgwyl i mi fod yn was i chdi?'

'Mae hynny'n well na bod yn gaethwas fel yr on i i chdi a phawb arall yn y tŷ 'ma am flynyddoedd,' meddai Mona'n sarrug.

'Ti'm o ddifri?'

'O, ydw. Harri, on i'n meddwl dy fod ti a Lisa'n cael affêr tu ôl i nghefn i. On i'n gweld y ddau ohonach chi isio'ch siâr o Gae Mawr. On i'n gwbod nad oedd Lisa'n gallu cael plant ac yn ffrindia mowr efo mhlantos i . . .'

'Doeddet ti rioed yn meddwl mod i'n cel affêr efo honna?' meddai Harri gan sylweddoli sut yr oedd pethau wedi ymddangos i Mona.

'On,' nodiodd Mona ei phen yn araf.

'O, sori, Mona, 'nes i'm meddwl . . .'

'Mae'n mynd i gymryd amser hir i mi fadda i chdi am hyn, Harri, ond ti byth yn gwbod; ella, os bihafi di, peidio cadw dim – a dwi'n golygu dim – oddi wrtha i eto, fy nhrin i yn gyfartal a mharchu i, ella . . . ella y gwnawn ni i ystyried dy wneud di'n bartner rhyw ddiwrnod. Be dach chi'n ddeud, Dei?' meddai, gan wenu'n bwerus.

'Gawn ni weld,' meddai Dei yn ddifrifol.

'Dad, sut medrech chi neud hyn i'ch meb 'ych hun?'

'Wel, doeddet ti ddim yn ymddwyn fel meb i mi ar y pryd!' meddai'n bendant.

'Reit, ma'n well i mi fynd yn ôl i'r ysgol 'na,' ychwanegodd Mona'n sionc, 'ma gen i lythyr ymddiswyddiad i'w sgwennu. Dach chi isio lifft, Dei?'

*   *   *

'Pam na ddudsoch chi y gwir wrth Harri?' gofynnodd Mona i Dei yn y car ar y ffordd yn ôl i'r ysgol.

'Mi geith o stiwio am chydig,' meddai Dei gyda gwên dawel ar ei wyneb. 'Me o'n lwcus iawn fod pethe wedi troi allan cystal iddo. Paid titha â chymryd arnat ned wyt ti'n gwbod dim mod i wedi trosglwyddo hanner arall y fferm iddo fo. Ged ti iddo fo redeg dipyn i chdi. Gwna'n siŵr 'i fod o'n dy barchu di, yn rhoi'r statws dyledus i ti, yn gneud 'i siâr i fagu'r merched bech tlws 'na sgynnoch chi. Wedyn, ella y dudwn ni wrtho fo.'

'O, Dei,' meddai Mona, gan geisio peidio â gwenu fel giât, a chan deimlo'r mymryn lleia o euogrwydd, 'dach chi'n greulon rŵan.'

'Hy,' meddai Dei, 'dydi hynny'n ddim o'i gymharu â'r hyn wyt ti 'di ddiodde'n ddiweddar. Rho di ddos o'i ffisig ei hun iddo, Mona; paid ti â deud dim wrtho a phaid ti â rhoi fewn iddo,' meddai Dei yn llym. 'Dalia di dy dir, Mona fech, dal dy dir!'

'O, mi wna i, Dei. Peidiwch chi â phoeni,' meddai Mona a'i llygaid yn culhau'n filain. 'Mi wna i!'